B's-LOG BUNKO

金色のコルダ3
スクール・ラプソディー！

石倉リサ
Risa Ishikura

水澤なな
Nana Mizusawa

監修／ルビー・パーティー

B's-LOG 文庫

イラスト／凪かすみ

Contents

星奏学院

小日向かなで

Kanade Kohinata

所属・学年 ♪ 星奏学院 音楽科2年

部活動 ♪ オーケストラ部

楽器 ♪ ヴァイオリン

主人公。ヴァイオリンがもっと上手になりたいと願って、星奏学院に編入してきた少女。

如月響也

Kyoya Kisaragi

所属・学年 ♪ 星奏学院 音楽科2年

部活動 ♪ オーケストラ部

楽器 ♪ ヴァイオリン

主人公の幼なじみ。負けず嫌いな性格で、成り行きでオーケストラ部に入部する。部長である兄・律に反発している。

如月 律

Ritsu Kisaragi

所属・学年 ♪ 星奏学院 音楽科3年

部活動 ♪ オーケストラ部 部長

楽器 ♪ ヴァイオリン

理知的で厳格な部長。星奏学院に入学するために故郷の町を離れていたため、主人公とは長い間会っていなかった。

榊 大地

Daichi Sakaki

所属・学年 ♪ 星奏学院 普通科3年
部活動 ♪ オーケストラ部 副部長
楽器 ♪ ヴィオラ

よく言えば鷹揚、悪く言えばいい加減な副部長。ナンパな性格で女子に優しいが、上級生らしい頼りになる一面も。

水嶋悠人

Haruto Mizushima

所属・学年 ♪ 星奏学院 音楽科1年
部活動 ♪ オーケストラ部
楽器 ♪ チェロ

生真面目で融通が利かない下級生。可愛らしい外見に反して気が強く、まっすぐで竹を割ったような性格。

支倉仁亜

Nia Hasekura

所属・学年 ♪ 星奏学院 普通科2年
部活動 ♪ 報道部

菩提樹寮で主人公の隣に住んでいる。猫のような雰囲気を持つ。

至誠館高校

八木沢雪広
Yukihiro Yagisawa

所属・学年 ♪ 至誠館高校　普通科3年
部活動 ♪ 吹奏楽部 部長
楽器 ♪ トランペット

穏やかでおっとりした至誠館吹奏楽部の部長。個性豊かな部員たちを、苦労しながらもまとめて信頼が厚い。

火積司郎
Shiro Hozumi

所属・学年 ♪ 至誠館高校　普通科2年
部活動 ♪ 吹奏楽部
楽器 ♪ トランペット

無口でハングリーな雰囲気を漂わせ多くの生徒たちに恐れられている。

水嶋 新
Arata Mizushima

所属・学年 ♪ 至誠館高校　普通科1年
部活動 ♪ 吹奏楽部
楽器 ♪ トロンボーン

悠人のいとこ。ブラジルからの帰国子女で、1年生だがまったく物怖じしない明るく奔放な性格。

伊織浩平
Kouhei Iori

所属・学年 ♪ 至誠館高校 普通科2年
部活動 ♪ 吹奏楽部
楽器 ♪ ホルン

気弱でおとなしいが、心優しい吹奏楽部員。

狩野 航
Wataru Kanou

所属・学年 ♪ 至誠館高校 普通科3年
部活動 ♪ 吹奏楽部 副部長
楽器 ♪ チューバ

おっちょこちょいでお調子者の吹奏楽部の副部長。

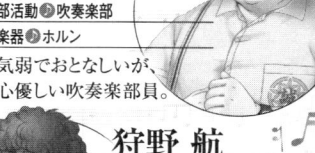

JINNAN H.S.

神南高校

東金千秋

Chiaki Tohgane

所属・学年 ♪ 神南高校 普通科3年
部活動 ♪ 管弦楽部 部長
楽器 ♪ ヴァイオリン

派手で尊大な態度の管弦楽部の部長。律のライバルであり、西の覇者と呼ばれ華やかな演奏が持ち味。

土岐蓬生

Housei Toki

所属・学年 ♪ 神南高校 普通科3年
部活動 ♪ 管弦楽部 副部長
楽器 ♪ ヴァイオリン

けだるく妖しい色気を振りまく、管弦楽部の副部長。努力を嫌い、人をからかって楽しむ享楽的な人物。

芹沢 睦

Mutsumi Serizawa

所属・学年 ♪ 神南高校 普通科2年
部活動 ♪ 管弦楽部
楽器 ♪ ピアノ

控えめで、落ち着いた物腰の青年。

天音学園高校

冥加玲士

Leiji Myoga

所属・学年 ♪ 天音学園高校 3年

部活動 ♪ 室内楽部 部長

楽器 ♪ ヴァイオリン

卓越した演奏技術を誇る室内楽部の部長。
理事会にも強い影響力を持ち、冷徹。
主人公となんらかの因縁があるらしい。

天宮 静

Sei Amamiya

所属・学年 ♪ 天音学園高校 3年

部活動 ♪ 室内楽部

楽器 ♪ ピアノ

知的で穏やかだが、どこかミステリアスな
雰囲気の人物。主人公と練習スタジオで
出会い、音楽を教えてくれることに。

七海宗介

Sousuke Nanami

所属・学年 ♪ 天音学園高校 1年

部活動 ♪ 室内楽部

楽器 ♪ チェロ

気弱でおとなしい内気な少年。
冥加を尊敬しており、冥加が宿敵と認める
主人公に憧れを抱き、純粋に慕う。

氷渡貴史

Takafumi Hido

所属・学年 ♪ 天音学園高校 2年

部活動 ♪ 室内楽部

楽器 ♪ チェロ

陰気でプライドが高く、
冥加を崇拝している。

メロディは潮風に乗って

石倉リサ

Risa Ishikura.

La Corda d'Oro3

"Merody ha Shiokaze ni Notte."

Presented by Risa Ishikura

#1 なりゆき任せの挑戦者

「はぁあ……。なんだってオレまでこんなとこに……」

如月響也《きさらぎきょうや》は深いため息をついた。

ここは、神奈川県横浜市《かながわけんよこはまし》。星奏《せいそう》学院高校という、外装・内装ともにおしゃれな学校の廊下《ろうか》だ。

（まったく、前の学校とはえらい違いだよな。あっちは鉄筋《てっきん》コンクリートの、ごくごく普通の造りだったのに。そういや、正門入ったところにあった羽《は》の生えた子どもみたいな像。あれ、いったいなんなんだ？　遊園地ならいざ知らず……あまりに奇抜《きばつ》すぎて、あっけに取られちまったじゃねーか）

転校してきたばかりで像の謂《いわ》れは知らないが、聞いたところで背中がむずがゆくなるだけのような予感がする。

（ああいうの、こいつ的にはオーケーなのか？　やっぱり「可愛《かわい》い」とか言うのかな？）

隣に立っている幼《おさな》なじみをちらりと見やり、そんなことを考える。多少おっとりしているが、小日向《こひなた》かなでは素直《すなお》な性格の頑張りやだ。「だりぃ」、「たりぃ」を連発している自分からすると、密《ひそ》かにすごいと思ってしまうところもあるが……もちろん、高校二年の男子の面目《メンツ》にかけて、そんなことは口が裂《さ》けても言えない。

それにしても――。

「お前、律《りつ》に感化されすぎ。音楽高校に入りゃヴァイオリンがうまくなるってわけじゃねぇんだぞ」

響也は思わず、もう何度目になるかわからない台詞《せりふ》を口にしていた。

律は響也のひとつ違いの兄だ。挑発《ちょうはつ》されるとすぐカッとなってしまう自分とは対照的に、常に冷静沈着《れいせいちんちゃく》、自分にも他人にも厳《きび》しい人間だ。昔からなんとなくソリが合わないところもあったが、兄が故郷《こきょう》を捨て、星奏学院とかいう学校でヴァイオリンを学ぶに至《いた》って、全面的に衝突《しょうとつ》することになってしまった。

「この町でもヴァイオリンは弾《ひ》ける」と止めようとした響也に、「お前たち以外のライバルが必要なんだ」と言いきった律。

カチンときた響也は、

「星奏学院だろうがなんだろうが、どこにでも行けばいいんだ！」

と怒鳴《どな》り返してしまった。

あれから、二年と数ヶ月がたった。自分と一緒に残ったかなでが、どうして星奏学院に転校したいと言いだしたのか。はっきりとした理由はわからない。ただ、きっかけになったのは地元の音楽教室での発表会だろう。

（確か、あいつはバッハの『パルティータ第三番　ロンド風ガヴォット』を弾いたんだよな。あのあと、とつぜん「このままの練習方法でいいのかな」とか言いだして……）

いきなり星奏学院に転校を宣言《せんげん》、今日に至るというわけだ。

（まったく、わけわかんねぇ。だいたい、それに振り回されてるオレってなんなんだ？　子どものころから一緒にいたから、転校もてっきり一緒なんだと思ってたぁ？　ありえねぇっつぅの！）

舌打《したう》ちひとつ、腕《うで》を組む。

（まったく、あのジイさんがオレの転入届も勝手に出したのがいけないんだ！　もうすぐ八十になろうってのに、お節介《せっかい》にもほどがあるぜ）

かなでの祖父《そふ》は、自宅の一部を弦楽器《げんがっき》の工房《こうぼう》にあてている。両親が仕事で留守《るす》がちだった響也たちは、よくその工房に遊びに行った。ヴァイオリンに親しむきっかけとなったのも、ひとえにその人のおかげだ。

（ま、オレだけ田舎《いなか》に残されるのは癪《しゃく》だし。送別会までやられちゃ、こっちに来ないわけにはいかないけどさ）

どうにか自分を納得させる響也だったが、かなで自身は幼なじみが一緒に来たことについて、いったいどう思っているのだろうか。

（こいつに限って、お荷物が付いてきたとか思ってねーよな？　……いやいや、こいつはオレがいねぇと得意の天然《てんねん》ボケで路頭《ろとう》に迷《まよ》うタイプだ。感謝してるに決まってる！）

我知《われし》らず、ブンブンと首を振ってしまったら、不思議《ふしぎ》そうなかなでと視線が合った。

普通ならば「何をしているの？」と聞くところを、うれしそうに彼女はひとこと、

「これから一緒に頑張ろうね」

（こ、こいつ……）

子どものころから見なれた、人を疑《うたが》うことを知らない心からの笑顔。

ホッとしたのと同時に、あれこれ悩んでいた自分がバカらしく思えてくる。

「いいよなー、お前は。……気楽《きらく》そうで」

思わず憎まれ口を叩《たた》いてしまったあとで、響也はふと、別の不安が胸の底に蹲《うずくま》っているのに気がついた。

「そういえば、お前、マジでオーケストラ部に入んのか？　お前の履歴書《りれきしょ》見たとたん、校長がやけに勧《すす》めてただろ」

履歴書に書かれていたのは子どものころの実績《じっせき》だ。言うなれば、すでに過去《かこ》となってしまっ

た遠い日の栄光《えいこう》。今のかなでの演奏は、「成長すればただの人か」と、心ない人々から言われるほど、精彩《せいさい》を欠《か》いたものになってしまっている。

「話を聞いて、楽しそうだなって思ったの。だから入部するつもり」

「……だろうな……。校長の説明聞いてるときのお前の顔……超ワクワクしてたもんな」

音楽科のある学校のオーケストラ部。さぞや、腕に覚えのある選《え》りすぐりの学生たちが集まっていることだろう。そこに、気負うことなく「楽しそうだから」という理由で入部を希望する幼なじみが、妙《みょう》に頼もしく、そしてどこか滑稽《こっけい》に見えた。やはり、どこにいてもかなではかなでなのだ。

「そういやこの辺か？　オーケストラ部が使ってる音楽室って」

つぶやきながら廊下の角を曲がった響也の目に、楽器を持った生徒の列が飛び込んできた。

「俺はできる、俺はできる」とつぶやく者、「間違えたらどうしよう？」と友達同士で不安そうにしゃべっている者。どうやら皆、緊張しているようだ。

「……何かあんのか？」

小首を傾《かし》げたかなでがひとりの男子生徒に声をかけると、「うわ！　今、話しかけないでくれよ。譜面《ふめん》が全部記憶から飛んじまう！」と、ヒステリックな声をあげられてしまった。

「なんだろう？　ちょっと聞いてみるね」

「なんだよ、アイツ。感じわりぃな」

響也が唇《くちびる》を尖《とが》らせたとき、

「じゃあ、次の人、入ってください」

音楽室から出てきた男子生徒がこちらに向かって声をかけた。一番そばにいたふたりを見て、

「ええと、そっちのあなたたちは——そのケース、ヴァイオリンか。じゃ、まずは女子からどうぞ。レディファーストだ」

慌《あわ》てたのは響也だ。

「ちょ、ちょっと待てよ！　オレたちは別に、部員ってわけじゃ——」

勝手に話を進められては困る。だいたい、この列がなんなのか自分たちは何も知らないのに。

「わかったわかった。順番に呼ぶから、君はちょっと待っててよ」

「待てって……オレは関係ねぇし、ただのつきそいだぞ！」

「……そこの人、廊下で大声で騒《さわ》がないでください。曲想が消えてしまいます」

焦《あせ》る響也に、線の細い、真面目《まじめ》そうな学生もぴしゃりと言う。

「誰《だれ》も人の話聞きゃしねぇ……。いったいなんだってんだ、この学校は！」

いつのまにか、大きな何かに巻き込まれかけている。しかも、誰もがその何かに一生懸命《いっしょうけんめい》で、こちらの話に耳を傾《かたむ》けてくれない。

「じゃ、せかして悪いけど、調弦《ちょうげん》したらすぐに弾いてくれるかい？」

かなでは困ったように響也に視線を投げかけると、音楽室に入ってしまった。

（おい！　お前まで状況に流されてどうすんだよ！）

急いであとを追うと、音楽室の教壇《きょうだん》の前に長テーブルを置いて、何人かの生徒が審査員よろしく座っていた。その真ん中にいた男子生徒に響也は目を奪われる。

（うそだろ？　もしかして、あそこに座ってるのって……）

そうこうするうち、かなでがヴァイオリンを弾きだした。

発表会のときと同じ『パルティータ第三番　ロンド風ガヴォット』。

周囲の様子から察するに、どうやらこれは部内のテストらしい。

「お、いい感じ……」

「結構うまいわ」

聴衆《ちょうしゅう》からざわめきが漏《も》れ始め、そのうちのひとりがハッとしたようにつぶやいた。

「こんな子、オケ部にいたかしら……」

「そ、そういえば、この子──誰だっけ？」

（おいおい、今ごろ気づくなよ。ヴァイオリンの腕前を知るのが一番で、奏者《そうしゃ》が誰かは二の次かよ？）

そう思いながらも、自分の幼なじみに対する誇《ほこ》らしい気持ちも湧《わ》いてくる。やはり、かなではうまい。音楽科を持つ高校の、オケ部の人間が感嘆《かんたん》の声をあげるくらいなのだから。

かなでが一曲弾き終わると、しんとした空気が流れた。

演奏技術の高さへの驚《おどろ》きと、「この子、いったい誰？」という戸惑《とまど》いと。

それを破ったのは、はじめに響也たちを音楽室に招いた男子学生だった。

「ブラヴォー！　すごいじゃないか。とってもよかったよ。こんなチャーミングな子が学院にいたなんて気づかなかった。俺もまだまだ調査不足だな。君、新入生？　――じゃないな。そのタイの色は二年生か」

「……ええと、転校生です」

かなでがおずおず答えると、彼はパンと胸の前で手を叩き、

「転校生？　あっ、そうか――」

と、うれしそうにほほ笑《え》んだ。

「律から聞いてるよ。幼なじみが編入《へんにゅう》してくるって。こんなに可愛い子だって知ってたなら、もっと早く紹介してもらうんだったな」

そして、かなでに向かってパチンとウィンク。

（はぁ？　こいつ、性格軽すぎ！　普通、人前でそんなことしないだろ！）

なんとなく不愉快《ふゆかい》になった響也は、聴衆を押しのけて前に出た。

すると、その生徒は面白《おもしろ》そうに目を細め、

「おや、もう一名のご登場だ。……とすると、さしずめあれが……」

その言葉を無視して、響也は長テーブルの中央にいる人物に向かって声を荒げた。

「はっ、ふんぞり返って『テスト』だなんて、いいご身分《みぶん》じゃないか、クソ兄貴《あにき》」

「汚い言葉づかいは慎《つつし》め、響也。品位《ひんい》を疑われる」

メガネをきらりと光らせて、クソ兄貴——律が顔を上げた。

「悪かったな。あんたみたいに上品じゃなくて」

売り言葉に買い言葉——ではなく、一方的に響也が熱くなり、律にあしらわれる。この状態は、昔とまったく変わっていない。

「ははっ、似てない兄弟だな、君らは」

軽い性格だと響也が勝手に決めつけた学生が苦笑する。

「誰だよ、あんたは?」

「俺? 俺は榊大地《さかきだいち》。ま、一応ここの副部長だ。よろしく」

女子学生だったらさしずめかっこいいと騒ぎそうな、人好きのする笑顔を響也に向ける。

「じゃあ、次は弟くんの番だ。どんな曲でもいいから弾いてみてくれるかい?」

「弾く？　オレが？　なんで」

わけがわからずポカンとしていると、

「……やる気がないなら不要だ。帰っていい」

またもや律の素《そ》っ気《け》ないひとことに神経を逆《さか》なでされてしまった。

「なんのテストかもわかんねぇのに、やる気が出るヤツなんかいるのかよ！」

かなでのように、簡単に状況に流されてたまるか。

そんな気持ちで怒鳴り返すと、

「やれやれ、困ったな。話してなかったのか？　律。今、オケ部で何やってるかとか、『全国大会』のこととか」

大地と名乗った学生は額《ひたい》に手を置き、わざとらしくため息をついた。響也の兄を名前で呼び捨てということは、同じ三年生なのだろう。

「聞いたことないかい？　『全国学生音楽コンクール』。小学生の部から高校生の部まで、数百の団体が参加する。その室内楽部門にうちのオケ部もアンサンブルで参加するんだ。今はその予選の地方大会の準備中。出場するアンサンブルのメンバー選抜《せんばつ》をしているんだよ」

「ああ……そうか、なるほどね。全国大会出場が目標だから、こんなピリピリしてるってわけか」

納得しかけた響也に、

「違う」

律からぴしゃりと声が飛んだ。

「全国出場ではない。目標は全国の頂点《ちょうてん》を取ること。『全国制覇《せいは》』だ」

「全国……制覇って……一位？　本気で言ってるのか？」

「当然だ」

まったく、このクソ兄貴はまたバカげたことを……と、心の中でツッコんだところで、大地が隣《となり》でさらりと言った。

「ま、突然そんな話を聞かされちゃ、驚くのも無理はない。『全国の頂点を取る』なんて、手の届かない夢みたいだって思うだろ」

「……わかってんじゃねぇか」

「でも、毎年必ずどこかの学校が頂点を極《きわ》めている。今年は俺たちが優勝する。それだけのことだ」

「それだけって……」

なんと言ったらいいものやら。答えに窮《きゅう》する響也に、大地はさらに続けた。

「もちろん、楽なことじゃないってのはわかってるさ。強豪校《きょうごうこう》もたくさんいる。吹奏楽《すいそうがく》の古《こ》豪《ごう》、仙台《せんだい》の至誠館《しせいかん》。海外留学生で固めた関芸大《かんげいだい》付属。目下《もっか》、九州《きゅうしゅう》大会十六連覇中の九州の女帝《じょてい》・サンセシル。そして、昨年のヴァイオリンソロ部門の優勝者、東金千秋《とうがねちあき》を擁《よう》する、神戸《こうべ》の神南《じんなん》」

「彼らだけではない。まだ我々が知らない、素晴らしい演奏者もきっといる。参加するすべての学校の生徒が競《きそ》い合う相手だ」

律たちの言葉に響也は圧倒《あっとう》されていた。

「すべての……生徒が……」

それは、なんと壮大《そうだい》な挑戦なのだろう。

かつて、自分やかなで以外のライバルが必要だと言って田舎を出て行った兄。それが、全国の学生を相手に自分たちの力を試してみたいと言っているのだ。

驚く響也の脇《わき》で、かなでがぽつりとつぶやいた。

「……私、やってみたいです」

「ななな、何言ってんだよ！　ホンキか？」

これだけのことを聞いて、臆《おく》せずチャレンジしてみたいと言うのは、単なる能天気《のうてんき》か血気盛《けっきさか》んな人間かのどちらかだ。

「……小日向」

感心したように律からつぶやきが漏れる。

（いや、兄貴。相手はかなでだぞ？　どうせオケ部の入部動機《どうき》と同じで、『楽しそうだと思ったから～』くらいの理由なんだよ！）

「ははっ、さすがに舞台慣《な》れしたいい度胸《どきょう》だ。そう言ってくれると期待《きたい》していたよ。俺たちもちょうど、セカンドヴァイオリンのメンバーを決めかねていたんだよ。よし、これで無事、メンバー決定かな」

（て、大地まで！）

どんどん小日向株が上昇していく。

すると、その盛り上がりを自《みずか》ら断ち切るように、律が首を振った。

「…………だめだ」

「え？」

「彼女はオケ部の部員ではない」

「そりゃまだ部員じゃないかもしれないが――ほら、オケ部の入部申込書も持ってるみたいだ。それに、律の幼なじみなら気心も知れてててやりやすいんじゃないか？」

「そんな理由で、メンバーを選ぶ気はない」

「でもさ、律――」

さらに大地が説得しようとしたとき、

「榊先輩《せんぱい》、如月部長のおっしゃるとおりです」

ピシャリと、厳しい声が飛んだ。

「その人がオケ部の部員でなかったなら、出場者として選ぶのは適切ではないと思います」

それは、先ほど「曲想が消えてしまう」と響也に苦情を言った男子生徒だった。

サラサラの髪をあごのラインで揃《そろ》えた、見た目は繊細《せんさい》、性格は頑固《がんこ》そうな雰囲気《ふんいき》の相手だ。

――こいつ、誰だよ……。

そんな視線を響也が向けると、彼は切り口上《こうじょう》で、

「僕は音楽科一年、チェロ専攻《せんこう》の水嶋悠人《みずしまはると》です。外で聞かせていただきましたが、どうも雲行《くもゆ》きがあやしいようなので」

「んー、そんなにおかしいか？」

大地が首をひねってみせる。

「ほら、ひなちゃんは入部届も持ってる。もうほとんど、部員も同然ってことじゃないか。細かいことは気にするなって」

（ひなちゃんて……。知り合って三十分もたたないうちにあだ名で『ちゃんづけ』かよ！）

思わず反応してしまった響也だったが、むろん、論点《ろんてん》はそこではない。

「細かくなんてありません。榊先輩もご存知《ぞんじ》でしょう。部長印と顧問《こもん》の印、担任の印が揃うまでは、その書類は有効ではありません。第一、突然新しい部員を迎え入れたとしても、アンサンブルが成立するでしょうか」

悠人は矢継《やつ》ぎ早《ばや》に大地を説得にかかる。

「参加するのは、室内楽部門……。アンサンブルでの参加です。いくらソロの腕がよくても、アンサンブルで能力を発揮《はっき》できるかどうかわかりません。オケ部の部員はこの夏の大会に向けて小編成のアンサンブルの訓練《くんれん》をしてきました。みんな、この夏に照準《しょうじゅん》を合わせて練習してきたんです。メンバーは、今まで音を合わせてきた部員から選ぶべきではないでしょうか。それとも、彼女がいないと勝てないとでも言うんですか？」

「まぁまぁ、そんなにすぐ熱くなるなって。そうだな。気になるならアンサンブルでもテストしてみたらどうだい？」

なんとはなしに言われた言葉に、悠人はおろか、律も驚いた顔をした。

「学内選抜をもう一度行うのか？」

「ち、地方大会はもうすぐなんですよ？」

「ま、しょうがない。そうでもしなきゃ、みんな納得できないだろう？」

大地はしれっと言って、その場の部員、全員の顔を見回した。

律はかなでに視線を向ける。

「小日向。……やりたい気持ちに変わりはないか？」

「はい。変わりありません」

全国の相手と戦うには、まずは学内選抜に勝ち残らないといけない。

幼なじみというより、すでに部活の先輩に対する口調でかなでは律にうなずいていた。

「そうか。わかった。ならばアンサンブルで再選抜を行う。期日は一週間後。出場を希望する者は、各自でアンサンブルを組んで参加するように」

言って、椅子《いす》から立ち上がった部長に他の部員から声があがる。

「ぶ、部長！　それって俺らも出ていいってことですか？」

「私、さっきミスしちゃったんですけど……でも、出られるなら……！」

全国音楽コンクールに参加したいという気持ちは、皆、同じなのだ。

「構わない、再試験の結果次第だ。誰であろうと条件は同じこと。詳細は追って掲示《けいじ》する」

颯爽《さっそう》と去っていく部長を、響也とかなでは黙《だま》って見送るしかなかった。

♯2 学生寮は幽霊屋敷？

「さて、おおごとになったね。ま、一週間もあれば入部手続きには十分余裕《よゆう》だ。頑張ってくれよ。期待してるから」

部員たちが去ったあとの音楽室で、大地《だいち》が楽しそうにほほ笑《え》んだ。

（まったく、人ごとだと思って……）

響也《きょうや》は軽くため息をつくと、かなでに向き直る。

「けど、お前どうするんだよ。転校してきたばっかで、ロクに知り合いもいないってのに。アンサンブル、組む相手なんてアテがあるのか？」

すると、かなでの返事よりも早く、大地が腕《うで》を組みながらこう言った。

「そうだなぁ。ま、言いだしたのは俺だし、俺と組むかい？」

（はぁ？）

大地は大地なりに責任を感じているのかもしれない。けれど、彼の提案《ていあん》は響也にとっては寝《ね》耳《みみ》に水だった。一見《いっけん》するといい加減《かげん》で、その実、隙《すき》のない『ちゃんづけ』男。そんなヤツを、このぼんやりした幼《おさな》なじみのそばに近づけるのはなんだか危険だ。

ところがかなでは瞳を輝かせると、

「本当ですか？　一緒に組んでもらえるとうれしいです！」

（えええっ？）

響也はたちまち頭を抱えたくなってしまった。

（こいつ、もう少し危機感《ききかん》持てよ！　だいたいとして、この男がどんな楽器を弾《ひ》いて、どれくらいの腕前かもわからないんだぞ！）

響也の苦悩をよそに、大地はかなでに近づいていく。

「そう歓迎してもらえると俺もうれしいよ」

満面の笑顔でさりげなく肩を抱き寄せると、

「さっきの演奏はよかった。君にオケ部に入ってもらえると助かるって気持ちに嘘《うそ》はないよ。ってなわけで、俺も真面目《まじめ》にやるからよろしく、ひなちゃん」

「ま、待て待て待て！　なんだ、その手！　馴《な》れ馴れしいっつうか、セクハラだろ！」

あだ名は見逃せても、さすがにこれだけは見逃せない。だいたいとして、まったく嫌がらないかなでも人がよすぎる。

「セクハラ？　違うって、これは単なるスキンシップ、親愛の情。可愛《かわい》いものを見て可愛いと思うのは人間の当然の感情だろう？」

「うるっせぇ！　何が『スキンシップ』だよ！」

おまけに本人がいる前で『可愛い』と言ってしまえる神経も信じられない。

(駄目《だめ》だ、放っておけねぇ)

響也は大きくため息をつくと、

「——オレも参加する」

疲れた声で言っていた。

「お前も？」

大地が意外そうに響也を見る。

「やれやれ、弟くんは過保護《かほご》だな」

瞬間《しゅんかん》、響也はキレた。

「その呼び方やめろ。オレは律《りつ》のおまけじゃねぇぞ」

何をやっても『如月《きさらぎ》律の弟』。いつも兄と比べられるのでは面白《おもしろ》くない。

「あんたを放っておくのはヤバそうだし、アンサンブルっていうなら三人くらいいたほうがいいだろ」

それに決して、かなでひとりのためではない。

（クソ兄貴《あにき》め……。「やる気がないなら不要だ」だと？　上等《じょうとう》じゃねぇか。音楽科のある学校なんか行かなくたって、十分ヴァイオリンが弾けるってこと、証明《しょうめい》してやる）

未《いま》だに響也は、先ほど律に言われた言葉に腹を立てていたのだ。

「おまけがひとりついてくるとは思わなかったけど、しょうがない。ま、仲良くやろうか」

大地は笑いながら肩をすくめてみせた。

「で、曲はどうする？　編成《へんせい》はヴァイオリン二挺《にちょう》と――」

響也はさっそく具体的な話に移る。

「あんたは？」

「俺はヴィオラ」

「ヴァイオリン二挺とヴィオラ？　うわ……そんな編成の曲なんてあんのか？」

頭を抱えた後輩に、大地も苦笑してみせた。

「普通は見かけない編成だろうね。編曲したものじゃないと」

「あと一週間しかないんだぞ？」

「そう焦《あせ》るなって、心配はいらないよ。あてはあるんだ」

大地はやんわり言うと、音楽室の隣《となり》にあるオーケストラ部の部室に移動した。

そこは、壁一面が本棚《ほんだな》で埋《う》め尽《つ》くされた場所だった。楽譜《がくふ》がびっしり詰《つ》め込まれ、うっかり抜くと、一緒にまわりまで本棚からこぼれ落ちそうだ。

「すっげぇ……」

「発掘《はっくつ》しがいがあるだろ？」

皮肉《ひにく》もこめているのだろうが、大地は得意そうだ。

「それにしても……なんでこんなに楽譜があるんですか？」

かなでが瞳をぱちくりさせながら言うと、

「卒業した先輩《せんぱい》方の置き土産《みやげ》なんだ。アンサンブルに凝《こ》った年代がいたみたいでね」

「そう、なんですか……」

その傍《かたわ》らで、響也はさっそく適当な楽譜を引っ張り出して目を疑った。

「なんだこれ！　ドビュッシーの『アラベスク』ってピアノ曲だろ？　ヴァイオリンとチェロの編成なんて他で見たことねぇぞ」

いわば、なんでもアリ。

「ははは、こんだけありゃどんな編成だってできそうじゃん！」

急に希望が湧《わ》いてきた。ひとりで興奮《こうふん》していると、大地が落ち着いた声を出した。

「それはよかった。じゃ、肝心《かんじん》の学内選抜《せんばつ》用の曲を探してみようか」

「ＯＫ、じゃ、ここの楽譜リストは？」

「ないよ」

「…………ない？」

あっさりと返されて、響也は黙《だま》りこくる。

「どうやって管理してたんだ？」

しばしの沈黙《ちんもく》の後で恐《おそ》る恐る聞いてみると、

「管理されてるように、見えるかい？」

(おいおい、いったいどうすりゃいいんだよ？)

呆然《ぼうぜん》と立ちすくむ響也だったが、やがてぶるっと頭を振った。

「……見ててもどうにもなんねぇな。じゃ、こっちの端《はし》から調べるから、そっちから頼《たの》む」

考えても仕方がないことは考えない。ただ行動に移すのみ、だ。

これは簡単すぎる、こっちは楽器が合わないと、しばらく楽譜の山と格闘《かくとう》する。やがて、響也の顔が輝いた。

「なぁ、これでいいんじゃないか？　ほら、モンティの『チャルダッシュ』！　派手《はで》で見せ場も多いし、ぐっとくるメロディでつかみもばっちりだ。あの一年を黙らせるにはこのくらいテクニックに走った曲がちょうどいいだろ？」

しかし、乗ってくれると思った大地が、ゆっくりと首を振ってみせた。

「それもいい曲だけど、ファーストヴァイオリンばかり難しすぎないか？　俺のお薦《すす》めはこれ……ドヴォルザークの『四つのロマンティックな小品』かな。シンプルだけど綺麗《きれい》な曲だ。来週の選抜の日はちょうど終業式だ。夏休み直前の解放感でいっぱいだろ？　明るく楽しげな曲のほうが、聴《き》いてるほうの気分もいいさ」

どうやら大地は聴き手の心理まで考えているらしい。

さすがは上級生と心の隅《すみ》で思ったが、だからと言って諸手《もろて》を挙《あ》げて賛成《さんせい》というわけにはいかない。

「でもその曲、ちょっと簡単すぎねぇ？　ナメられたらどうすんだよ」

「簡単な曲をきちんと仕上げるんだよ。ハーモニーを作る能力を見るのが今度の試験の主眼《しゅがん》なんだから」

「小さくまとまるなよ！　そんなんじゃ他の部員をあっと驚《おどろ》かすことなんてできねぇぞ」

互《たが》いに一理《いちり》ある意見のため、なかなか譲ることができないまま、空《むな》しく時間は過ぎていく。

「なぁ、かなではどう思う？」

意を決したように、響也はかなでに聞いてみた。幼なじみだから自分の意見に賛成してくれるだろう、ではなく、学内選抜を勝ち抜くためには、自分の意見のほうがふさわしいと思ったからだ。

「『チャルダッシュ』と『四つのロマンティックな小品』。君はどっちがいい？」

　大地もかなでを振り返る。

　両側をふたりに挟《はさ》まれて、かなでは困惑《こんわく》顔になっていた。

（こいつ、普段《ふだん》はぼんやりしてるけど、自分の意見はちゃんと持ってるヤツだからな）

　彼女はなんと答えるだろう？

　たっぷりと時間をかけて考え込んだあとで、かなでが出した答えは「チャルダッシュがいいと思う」だった。

「だよな！　さっすが、よくわかってるぜ！」

　響也は得意な気持ちになる。

「やれやれ、それなら仕方がない。でも、結構な難曲だから油断《ゆだん》しないようにね」

　大地はすんなり認めてくれた。一度決まったことはすぐに受け入れ、前向きに対処《たいしょ》していこうとするのが彼のよいところなのだろう。

「さて、曲も無事決まったことだ。総譜《そうふ》は俺が預かっておくとして……じゃ、おのおの自分のパート譜を持ち帰って練習しようか。どっちがファーストをやる？」

「それじゃあ……響也に任せてもいい？」

　かなでが遠慮《えんりょ》がちに訊《き》いてきた。

ひょっとしたら、選んだ本人に花を持たせようとしてくれたのかもしれない。

「ま、それが無難《ぶなん》かもな。さっき見た感じ、なんとかなりそうだし……」

「じゃ、しばらく個人で練習して、タイミングを見て合わせよう」

「……期間もねぇし、今日から練習か。引っ越しの荷解《にほど》きもしてねぇのに……」

響也の胸に、今さらのように疲れがどっと押し寄せてきた。結局、事態《じたい》に流されるまま、具体的な曲選びまでしてしまった。やることはたくさんあるのに、自分からまた用事を増やしてしまったのだ。

(何やってんだよ、オレ……)

そんな響也を大地は苦笑しながら見ていたが、

「下校時間は六時だから、それまで頑張れ。――じゃあ」

ひらりと手を振ると、あっさりと部室を出て行った。


星奏《せいそう》学院には音楽科専用の練習室がいくつもある。

(さすがというか、すっげーよな。普通の高校とこんなところが違うのか……)

さっそく空《あ》いている部屋を予約して、響也は『チャルダッシュ』の練習を始めた。

（うおっ、やっぱファーストは難しいなぁ。でも、オレがこの曲を推薦《すいせん》したんだし。これくらい弾けなきゃ格好がつかねぇよな）

練習は面倒《めんどう》くさいと言っておきながら、妙《みょう》なところで負けず嫌い。そのせいか、響也のヴァイオリン技術はかなりのものだ。もちろん、自分くらいのレベルは全国にたくさんいるというのも理解しているが。

新しい環境で弾くヴァイオリンは、いつもより音が弾《はず》んでいるような気がした。部屋は当然のことながら音響も考えてあるらしく、耳に飛び込んでくる音が気持ちよい。

暗譜《あんぷ》をし、何遍《なんべん》も弾いたところで下校を告げるチャイムが鳴《な》った。

（あ〜、我《われ》ながら充実してたな）

例えれば、スポーツで気持ちよく汗を流したあとのような気分だ。

ヴァイオリンをケースに仕舞い、正門まで出たところでかなでに会った。どうやら彼女も今まで練習していたらしい。

「お、ちょうど帰るところか。なら、一緒に帰ろうぜ」

自分たちは今日から寮暮《りょうぐ》らし。毎日同じ学校に通い、毎日同じ場所に帰ることになる。

「……念《ねん》のため聞くけど、寮の場所、ちゃんと覚えてるよな？」

ふと隣を歩く幼なじみに訊いてみると、案《あん》の定《じょう》、「自信ない」という返事。

「だろうな。すぐ目の前にあったとしても迷子《まいご》になりそうだもんな、お前」

思わず苦笑いしてしまってから、安心させるようにほほ笑んでやる。

「編入の書類に書いてあったぜ。『星奏学院　菩提樹寮《ぼだいじゅりょう》』。通称リンデンホールだっけか」

地図はちゃんと覚えたし、生徒のための寮だから、学校からそれほど離れていない。

「律と同じ寮に入るなんてまっぴらごめんだと思ってたけど……。校舎《こうしゃ》もウソみたいに豪華《ごうか》だったし、寮もすっげぇお屋敷《やしき》だったりしてな。美人のお手伝いさんがいてさ、『お帰りなさいませ』みたいな……」

期待は勝手に膨《ふく》らんでいく。きれいな校舎にきれいな寮。そんなところで毎日を送れたら、きっと楽しいだろう。

やがて、古い洋館が見えてきた。まわりを鬱蒼《うっそう》とした木々が取り囲んでいるせいか、アブラゼミの声とどこか哀愁《あいしゅう》漂《ただよ》うヒグラシの声があたりに響いている。

「……まさか、この廃屋《はいおく》じゃねぇよな。うん、いくらなんでも見間違いだよな」

足を止めた響也が、表情を強《こわ》ばらせたまま館《やかた》を見上げる。

「でも……」

と、かなでがためらいがちに『星奏学院　学生寮』と書かれた入り口の看板《かんばん》を指さす。

「わかってるよ！　ちょっとした抵抗だよ！」

時刻が夕方ということもあり、暗い影を落とした洋館は不気味《ぶきみ》な雰囲気《ふんいき》を漂わせている。なまじ凝った造りをしているせいで、気味悪さも半端《はんぱ》ではない。

「どう考えたって、看板に偽《いつわ》りありだぜ。これじゃユーレー屋敷だぜ」

吐《は》き捨てるように言ったとたん、まるでタイミングを計《はか》ったかのようにカラスが甲高《かんだか》い声をあげた。

「ひっ！　……駄目だ、無理。帰りたくなってきた」

期待が大きかった分だけ、その失望も半端ではない。

「とにかく入ってみようよ」

かなでが勇《ゆう》を鼓《こ》して屋敷のポーチを潜《くぐ》り、それを慌《あわ》てて響也が追う。彼女を先に行かせて、夕闇《ゆうやみ》の中でうっかり蹴躓《けつまず》いたり転んだりでもされたら大変だ。

エントランスから奥に進むと、応接セットらしきものが配置された広間に出た。こちらは外観と違い、なかなかおしゃれだとは思うが……気味悪いほどしんとして、人っ子ひとり見あたらない。

「おーい……誰《だれ》もいねぇのか？　勝手に入ってきたけど、ホント人の気配がないぜ」

足音も、おしゃべりの声もしない。

「今はたまたま外出中なのかな？」

かなでの言葉に響也は「うーん」となる。

「それにしたって限度があるだろ。こんなでかい建物なら、結構大人数、入るはずだぜ。そいつらが全員出払《ではら》ってるってのか？」

食堂からポーチまで往復したり、何度か声をあげてみたり。とりあえず時間を潰《つぶ》してみたが、結局人が現れる様子はなかった。

「しょうがねぇ」

響也は深々と息をつく。

ずっとここに立っていても仕方がない。かなでなら、寮の管理人が現れるまで突っ立っていそうな気もするが――。これ以上、いつやって来るかわからない人間を待つのはまっぴらごめんだ。

「とりあえず部屋に行こうぜ。部屋の鍵《かぎ》は担任にもらったし、荷物も届いてるはずだ」

制服のポケットを探って、鍵をふたつ取り出す。

「ええと……こっちがお前の鍵。じゃあな、なんかあったらケータイで呼べよ」

「うん。ありがとう」

かなでは物珍《ものめずら》しそうにあたりを見ながら、女子寮のほうに行ってしまった。

寮は共用棟《とう》、女子寮、男子寮に分かれているのだ。

「おーい、あんまりきょろきょろして転ぶなよ！」

響也が叫ぶと、かなでは「大丈夫！」と笑いながら振り返り、階段を上っていってしまった。

「さて、オレも行くか」

ところどころギシギシと鳴る廊下《ろうか》を歩き、割り当てられた自分の部屋の前まで行く。鍵穴に鍵を差し込んだところで、なんの手応《てごた》えもないのに気がついた。

「……あれ？　ひょっとして開いてる？　なんでだよ？」

「引っ越しの業者が荷物を運び込んだんだ。開いていて当然だろう？　それに、貴重品は肌身《はだみ》離《はな》さずが原則だ」

教師のような、あまりに面白味のない忠告《ちゅうこく》に振り返ると、そこにはたった今寮に戻ってきたらしい、制服姿の律がいた。

（げ……。せめて引っ越しの初日くらいは、寮で会いたくなかったぜ……）

内心げんなりしたが、それを表情には出さない。

「ご丁寧《ていねい》な解説をどうも。んじゃ」

素《そ》っ気《け》なく言って背を向けると、

「待て、響也。学内選抜の曲は決まったのか？」

律が突っ込んだ質問をしてきた。

弟が何をしようと関係ない。こちらに興味《きょうみ》などないと思っていたのに。

「あんたに心配されなくても、とっくのとうに決まったよ。当日はうんと驚かせてやるつもりだから、覚悟《かくご》しとけよ」

意外な気分になって答えると、

「……そうか」

律は安心したように表情を緩《ゆる》めた。

（まさか……オレのこと、心配してるなんてことないよな）

響也は肩をすくめる。そしてついつい意地悪な質問をしてしまう。

「ところでさ、あんた余裕だよな。大切な夏休みをコンクールなんかに使っちまっていいのか？」

「コンクールなんかに？　なぜだ？」

「だってあんたは三年生だろう？　三年生といったら受験生じゃないか」

「…………あ。ああ」

律は今やっと気づいたとでもいうように、手のひらを拳《こぶし》でポンと叩《たた》いた。

「そういえば、受験生だったな」

（おいおいおいおい！）

響也は内心ツッコんでいた。

今の今まで忘れていたが、律もときどきかなで顔負けの天然《てんねん》ボケをかますヤツだった。

「あんた、進学するつもりなんだろ？　受験勉強してるのか？」

「…………するつもりでは、いる」

（――オレは、自分のことよりあんたのほうが心配になってきたよ……）

こめかみに手をあてたくなったが、すぐに、自分を置いていった兄のことなど知るもんかという気持ちが湧いてくる。

「ま、所詮《しょせん》、オレには関係ないことか。じゃあな」

響也は言うと、引っ越しの荷物を片付けるべく、さっさと踵《きびす》を返していた。

#3　新しい学校で

目を覚ますと、なんだか妙《みょう》な感じだった。見なれぬ壁紙や家具、昨日とは感触の違う布団《ふとん》。

（そっか……。オレ、ここに引っ越してきたんだよな）

時計を見ると、登校時間には早すぎる。けれど、妙に目が冴《さ》えてしまって二度寝できそうにない。

（引っ越しの片付けがまだなんだよな……。でも、こんな朝っぱらからって、さすがに迷惑《めいわく》だよな）

古い造りのリンデンホールは、物音が響きやすそうだ。

（仕方ない、朝メシでも食べてくるとするか）

寝ぐせのついた頭のまま、響也《きょうや》はむっくりと起き上がった。寮《りょう》の食堂は、部活動の朝練をする学生のためにこの時間でも開いているはずだ。

（律《りつ》と顔を合わせるのも嫌だし。さっさと食って、さっさと学校に行こうかな）

ふと、マイペースなかなでのことが心配になったが、いくらなんでも転校翌日に遅刻《ちこく》はしないだろう。それに、昨日は一緒に学校から寮まで帰ったから、道だって覚えているはずだ。

（……て、オレ、どんだけ過保護《かほご》なんだよ？　昨日、大地《だいち》に言われたこと、否定できねーじゃねぇか）

自分はこんなに面倒見《めんどうみ》のいい人間だっただろうか？　たいがいの厄介《やっかい》ごとはスルーしたいほうだし、誰《だれ》かの心配なんてまっぴらごめんなほうなのに。

（あー、もう、考えたって埒《らち》があかねぇ！　あいつは単に幼《おさな》なじみのご近所さんで、おまけにトロいヤツだから、面倒見るのがいつのまにか当たり前になっちまっただけだろ！）

響也はぶんぶんと首を振ると、勢いよく布団の上掛けを跳《は》ね飛ばした。


まだ誰もいない早朝の教室はしんとしていた。窓を開けると、涼《すず》しい風が頬《ほお》をくすぐる。空はまっ青《さお》に晴れて、今日もこれから暑くなりそうだ。

（早く来たのはいいけど、特にすることがねぇな）

ぼんやりと机に頬杖《づえ》をついていると、教室の扉《とびら》が開いて、誰かが中に入ってきた。

「あれ？　如月《きさらぎ》くん……だよね？」

少し背の低い、気の弱そうな感じの男子がおどおどと声をかけてくる。おそらくクラスメイトなのだろうが、昨日の今日なので名前すらわからない。

「早起き得意なの？　ずいぶん早いね」

「いや、そういうお前こそ早いじゃねぇか」

にこっと響也が笑いかけると、相手もつられたようにほほ笑《え》んだ。

誰とでも物怖《ものお》じせずにしゃべれる響也は、すぐに友達ができてしまう。その分ケンカの回数も多いが、仲直りもできるタイプなので、男友達からは「おまえって付き合いやすいよなー」と言われたこともある。

「僕は朝練しようと思って来たんだ。如月くんは違うの？」

「いや、オレはなんとなく、早く起きたから早く来ちまったっていうか……」

歯切《はぎ》れの悪い返事を返してから、話題を変えるように聞いてみる。

「朝練て、運動部にでも入ってるのか？」

「ううん、明日、ヴァイオリンの実技《じつぎ》テストがあるじゃない？　だから、練習室で試験対策って感じかな」

「テ、テストぉ？」

いきなりのことに、響也の声が裏返る。

「……ああ、如月くんは転校してきたばかりだから知らないよね。課題は『懐《なつ》かしい土地の想《おも》い出』。厳《きび》しい先生だから、とりあえず練習しといたほうがいいと思うよ」

「えええええ～……」

朝から疲れに襲《おそ》われた響也は、机の上に突《つ》っ伏《ぷ》してしまう。

「それじゃ、またね」

クラスメイトは行ってしまい、あとにはしんとした教室と、「これだったら九月から転校してきたほうがよかったんじゃねぇ？」とつぶやく響也が残された。

「ああ、だりぃなぁ」

言いながら、鞄《かばん》の中からケータイを取り出してメールを打つ。宛先《あてさき》はかなでだ。

――なんか、転校早々テストがあるらしいぜ。『懐かしい土地の想い出』の実技だって。超めんどい。

メールが送信されたのを見届けると、響也は再度机に突っ伏し――テストのために練習しなくてはと思う間もなく、眠り込んでいた。


その日、響也が一番元気だったのは体育の授業だった。

「やっぱ、夏はプールだよな！」

クロールに平泳ぎ、バタフライ。二十五メートルプールの端《はし》から端へ、きれいなフォームで泳ぎきる。

「如月って、体育得意なんだな。まさに水を得た魚って感じ」

「あいつ、オケ部に入るらしいぜ。もっと別の、それこそ運動部に入ったほうがお似合いなのに」

「なんか女子から人気出そうだよな」

音楽科は人数が少ないため、プールを半分に分けて授業を行っている。女子側から響いてくる楽しそうな歓声《かんせい》を聞きながら、ひとりがそっとつぶやいた。

「あとは、転校生二人のヴァイオリンの腕前《うでまえ》を知りたいな」


そうしてやって来た翌日《よくじつ》の七月十五日。

『懐かしい土地の想い出』の実技テストの時間がやって来た。

響也たちが音楽室に行くと、生徒が「佐伯《さえき》先生」と呼んでいる、まるで仙人《せんにん》のような教師が現れた。真っ白なヒゲと深い皺《しわ》。作務衣《さむえ》を着せたら似合いそうだ。そこそこの年齢だと思われるが、てきぱきと授業の準備をする姿は矍鑠《かくしゃく》としている。

（音楽教師って、なんとなく蝶《ちょう》ネクタイにおしゃれなジャケットってイメージがあったけど。こういうタイプもいるんだなぁ）

おまけに、その教師の口から飛び出したのが、

「今日は楽しい実技の試験じゃ。お前ら、もちろんちゃあんと練習してきたじゃろうな？」

という言葉。

（うわ、思いっきり体育会系のノリじゃん！）

なんだか目を付けられると厄介《やっかい》なことになりそうな教師だ。「今日は特別にお前を当ててやろう」なんて、授業のたびに指名されて、いろいろやらされそうな気がする。

佐伯はぐるりと音楽室を見渡すと、

「よぉし、じゃあまずは……小日向《こひなた》！　転校生の腕前を見せてもらうぞ」

と声をあげた。

（うぉ、いきなりかなでからかよ！　右も左もわからねぇ転校生から指名するなんて、容赦《ようしゃ》ねえな。けど、かなで！　お前の腕をとことん見せつけてやれ！）

教壇《きょうだん》の前に立たされたかなでは、こちらに向かってぺこりとお辞儀《じぎ》をすると、落ち着いた調子《ちょうし》で『懐かしい想い出の土地』を演奏しだした。

音楽の道を志《こころざ》した以上、コンクールや発表会など、人前で演奏する機会は数限りなくある

のだ。学校のテストぐらいで緊張していられない。

はじめは単に興味津々《きょうみしんしん》だったクラスメイトの表情が、驚《おどろ》きに変わっていく。短い練習時間しかなかったのに、ここまで弾《ひ》き込んできたことに軽い衝撃《しょうげき》を覚えたのだろう。

響也だけが、余裕の顔でほほ笑んでいる。

（さすが……と言いたいところだが、オレがあらかじめテストがあるって教えてやったことも、忘れず感謝してもらいたいもんだね）

ヴァイオリンの音色《ねいろ》が止まると、興奮《こうふん》顔の教師が腕を組んでうなっていた。

「う……むむむむ。なかなかやるではないか」

おそらく、かなでの演奏が予想よりだいぶうまかったのだろう。どこか悔《くや》しそうな雰囲気《ふんいき》すら漂《ただよ》わせているのは、音楽学校ですらない田舎《いなか》の高校から編入《へんにゅう》してきた女子生徒が、この星奏《せいそう》学院の生徒に勝るとも劣《おと》らない腕を持っていたからだ。

「へぇ、すげぇじゃん。先生、目、白黒させてるぜ」

思わずつぶやいた響也に、

「こりゃ！　如月！　私語《しご》をするな私語を！　次はお前じゃ！」

すかさず声が飛ぶ。

（オ、オレ？）

「さぁて、赤点は誰になるかのう」

さりげなくつぶやいた台詞《せりふ》が半端《はんぱ》でなく怖い。

(じょ、冗談《じょうだん》じゃねぇ！)

面白《おもしろ》そうに笑う教師の隣《となり》まで行き、響也もぎこちなく頭を下げる。

(とりあえず、練習はしたんだし。かなでだって頑張ったんだ。オレもこれくらい弾けなくてどうする！)

もし落第点《らくだいてん》を取ったら、これから卒業まで「転校してきてすぐに赤点を取った恥《は》ずかしいヤツ」と言われ続けてしまうだろう。

(オレは——やる！)

一度深呼吸《しんこきゅう》をしたあとで、響也はヴァイオリンを構《かま》える。そっと弓を弦《げん》に当てると、『懐かしい土地の想い出』を弾き始めた。

優しく、美しい旋律《せんりつ》が音楽室いっぱいにあふれ出す。どこか切ないメロディは、題のとおり過ぎし日の想い出を詠《うた》っているのだろう。

作曲はチャイコフスキー。一八四〇年にロシアに生まれた作曲家だ。バレエ音楽の『白鳥の湖』を手がけたことでも有名で、流れるような、ロマンチックな作風を得意としている。

(どっちかっつーと、オレはもっと派手《はで》で勢いのある曲が好きなんだけどな)

弾きながら、響也はそんなことを思う。

ちなみに、曲の題にもなっている「懐かしい土地」とは、チャイコフスキーが病気療養《りようよう》のために滞在《たいざい》していたスイスはレマン湖畔《こはん》のことらしい。

（オレも、自分の田舎を『懐かしい土地』だなんて思うようになる日が来るのかな？）

チャイコフスキーの曲には不思議な力があるらしい。いつになく感傷的《かんしようてき》になって曲を弾き終えた響也の上に、パチパチパチ……と遠慮がちな拍手《はくしゆ》が降ってきた。

実技のテストで拍手など珍《めずら》しかったのだろう。クラスメイトたちがきょろきょろと拍手の主《ぬし》を探そうとする。

響也もつられて視線を動かし、やがて、うれしそうな顔で手を叩《たた》いている少女に気がついた。

（――かなで？）

それは、彼女にとっては自然なことだったのかもしれない。うまく最後まで弾けたから。素敵な演奏を聴《き》かせてもらったから。

けれど、響也にとっては恥ずかしいことこの上ない。無闇《むやみ》にかなでが注目を浴《あ》びて、「あの転校生、いったい何？」と噂《うわさ》でもたてられたら面倒くさい。

（まったく、こいつは天然すぎるというか、なんというか……）

困《こま》り顔の響也に、

「こりゃ、如月。ぼうっと突っ立っとらんで、さっさと席に戻らんか！」

教師の叱責《しっせき》が飛んだ。

「……え？　は、はいっ！」

たちまち湧《わ》き起こるくすくす笑い。

けれどそれは、自分をバカにしているのではなく、クラスメイトのひとりとして皆が受け入れてくれた証拠《しょうこ》だった。

#4 台風一過

実技《じつぎ》テストのあった次の日は、朝から荒れ模様《もよう》の天気だった。テレビでは盛んに台風《たいふう》情報を流し、警戒《けいかい》を呼びかけている。

せっかくの土曜日だ。今日一日、学校の練習室で学内選抜《せんばつ》用の曲、『チャルダッシュ』を練習しよう——。そう思っていた響也《きょうや》だったが、さすがに窓《まど》を叩《たた》く風音が強くなってきたので少し早めに切り上げることにした。

（台風、こっちに来るのかな？）

校門を出て空を見上げたとたん、ぽつんと頰《ほお》に冷たい雨粒《あまつぶ》が当たった。

（わ、やべぇ！）

響也は慌《あわ》てて走りだす。けれど、雨足はあっという間に強くなり——寮《りょう》にたどり着いたときにはすっかりずぶ濡《ぬ》れになってしまっていた。

（あーあ。これで風邪《かぜ》でもひいたら目もあてられねぇな）

情《なさ》けない気分で風呂場に行く。頭から熱いシャワーを浴《あ》びると、やっと人心地《ひとごこち》着いた気がした。

けれど、食堂で夕飯を食べている間に、雨はますます強くなっていく。自室に戻ってベッドの上に寝ころがるが、吹きつけてくる風雨の音がしきりと神経を逆なでする。

(ったく、うるせーよなー。こんな夜は落ち着かねぇから、さっさと寝ちまいたいのに)

暗めにしていた電灯《でんとう》をつけ直し、クラスの友達から借りたマンガでも読もうかと机の上に手をのばした瞬間《しゅんかん》、なんの前触《まえぶ》れもなく灯《あか》りが消えた。

(うおっ? もしかして停電《ていでん》か?)

台風の経験は何度もあるが、停電は数えるほどしかない。

(これじゃ、マンガも読めねぇじゃねーか)

暗闇《くらやみ》の中で固まったまま、思わず毒《どく》づく。

(眠れないわ、暇《ひま》つぶしもできないわ、いったいどうしろと……うわっ？)

ふいに窓ガラスがガタガタと鳴《な》った。隙間風《すきまかぜ》も悲鳴《ひめい》のような声をあげる。気分は遊園地のホラーハウスだ。まるで、見えない何かが窓から部屋に入り込もうとしているような――。

(そもそもこの寮自体古いから、こういう雰囲気《ふんいき》にはおあつらえ向きっていうか。「うらめしや〜」って出てきても違和感ないもんな。……て、ヤバい、マジで怖くなってきた！)

そう思った瞬間、パッと電気がついた。

（よ、よかったぁ。外は嵐で中は停電だなんて最悪だぜ。オレがこんだけ怖いんだから、かなでもきっと怖がってるはずだよな、うん）

自分に言い訳しながら手探りで鞄《かばん》の中からケータイを取り出す。あらかじめ登録しておいた番号を呼び出し、電話をかけると数コールでつながった。

「もしもし？」という、どこかホッとしたような、それでいて心細そうな声。

響也は彼女を勇気づけようと、わざと明るい声を出した。

「お、かなで？　今、いきなり電気消えただろ。そっちは大丈夫か？　……ったく、これだからボロい建物は嫌なんだよな。この寮、老朽化《ろうきゅうか》が進んでるんじゃねぇ？」

苦笑まじりに話していると、再度、突風が窓ガラスを壊さんばかりに吹き付けてきた。

「……げ。だべってる場合じゃねぇな。食堂に来れるか？　電気がついてるうちにみんなで集まっておこうぜ」

会話を終えると廊下《ろうか》に出、律《りつ》の部屋をノックする。

仲の悪い兄にもとりあえずは声をかける。我《われ》ながら人がよすぎるとは思うが、台風という非常事態なのだから仕方がない。

律とともに食堂まで行ってしばらく待つと、かなでが不安そうな足取りでやって来た。

「おっ、来たな」

「お前だけか？　確か、女子寮にはもうひとりいたと思ったが」

律の言葉に響也は男子用の制服のネクタイをした、ちょっと風変わりな女子を思い出した。

するとかなでは首を振り、

「部屋をノックしても返事がなかったから」

「ふーん……もう寝てんのかもな。じゃ、オレたちは――」

どうする？　という言葉を言いかけたとき、ふっとあたりが暗くなった。

「うわっ！」

「どうやらまた停電になったようだな」

落ち着いた律の声が、闇の中から聞こえる。狭《せま》い自室より広い場所で停電になったほうが、なんだか落ち着かない気分になるのはどうしてだろう？

(ここには律もかなでもいるのに……。オレ、子どもかよ)

心の中で苦笑いして、それからぽつりとつぶやく。

「……電気、つかねぇな」

「……そうだな」

何も見えない闇の中とはいっても、これといった会話もないまま顔をつき合わせているのは居心地が悪い。

「なぁ、律。懐中電灯《かいちゅう》なかったか？」

「いや、ないようだ。寮に備《そな》え付けがあったはずだが、見あたらなかった。代わりにロウソクを見つけたが……」

小さくなった言葉の終わりに、マッチをするシュッという音が続き、ほわりとオレンジ色の灯りが灯《とも》った。

（なんだよ、兄貴《あにき》。そういうところはあいかわらずしっかりしてるな）

さすがとは思ったが、素直《すなお》に褒《ほ》めるのも悔《くや》しいので黙《だま》っておく。

「これで、互《たが》いの顔が見えるな」

律の言葉に響也もかなでもうなずき合う。

光源がゆらめくロウソクの炎に変わっただけで、温かく優しい気持ちになるのはなぜだろう？　ロウソクを中心に、三人は床に座り込んだ。

台風のせいで、夏だというのに妙《みょう》に寒い。かなでが自分の腕《うで》を抱きしめてぶるりと震《ふる》えると、律が黙って大判の毛布を取り出した。これも、ロウソクと一緒に見つけて持ってきたらしい。

かなでを真ん中に、左に響也、右に律。一枚の毛布を三人で分け合って暖《だん》を取る。照《て》れもなく素直な気持ちでこんなことができるのは、幼《おさな》なじみだからこそだろう。

固く戸締まりされている食堂には、荒れ狂う台風の音は入ってこない。

「……静かだな。律、なんか話題はないのか？」

「そうだな──それなら百物語でもするか？」

「……は？」

思いも寄らない提案《ていあん》に、響也は目を白黒させる。

「な、なんで、そうなるんだよ」

お堅《かた》い兄のことだ、音楽談義《だんぎ》に花を咲《さ》かせるのかと思っていたが……。

（妙なところで予想を裏切ってくれるよな）

すると律は冷静に、

「いや、ロウソクの火を囲んでする話といえば百物語が定番だと聞いた。ちょうどいい機会だ。この寮にまつわる話をお前たちに──」

と、さらに乗り気になってしまった。

「い、いやいや、そうじゃねぇだろ！」

響也はぶんぶんと顔の前で手を振る。

「かなでを怖がらせてどうすんだよ！　今、この状況でそんな話をするなんてありえねぇ。却下《きやつか》だ、却下！」

力いっぱい拒絶《きよぜつ》された律は残念そうに息をつく。

「それなら、別の機会に話そう。この話は、代々寮生に受け継《つ》がれる決まりだからな」

「どういう決まりだよ！」

決まりというのは守るべきもの。少し頭の固い、律らしい意見だ。

（そんな妙な決まり、律儀《りちぎ》に守ろうとしなくたっていいじゃねぇかよ！）

なんとなくトホホな気分になったとき、響也はあることに気づいてしまった。

（代々寮生に受け継がれる決まり、って……）

つまり律は、自分やかなでも寮の一員として、ひいては仲間として認めているということだ。

（兄貴……）

数年前、律が田舎《いなか》を出て行ったとき、響也は自分やかなでが拒絶されたのだと思っていた。

けれど、こうして遠回しでにも『仲間』ということを意識させられると、胸の奥の氷のかたまりがゆっくりと溶《と》けていくような気がした。

そっと、響也は律の顔をうかがう。しかし、律はそんな弟の心の中など知らぬげに、ふっと顔を背《そむ》けると、

「小日向《こひなた》、どうした？」

ロウソクの炎を見つめたまま、黙りこくっていたかなでに声をかけた。

「なんだかね、こうしていると昔を思い出すなって」

優しい瞳のまま、かなでがつぶやく。

「ああ、ガキのころの話だろ。オレたちだけで留守番してた。あの日は真冬だったから、すっげぇ寒くて……今日みたいに毛布に包《くる》まって過ごしたんだ」

「あれは落雷で停電になった日だったな。暖房がつかなくて大変だった。結局、三人でぎゅっと縮こまって、眠らないように頑張っていた」

「けど、結局最後には全員眠っちまったんだよな」

気分は雪山の遭難者《そうなんしゃ》。寒くて、怖くて、でも不思議と心のどこかはドキドキしていて。ひとりぼっちじゃなかったから、あの状況を楽しむ余裕もあったのだ。

「ははっ、確かにあのときの再来《さいらい》か」

思わず響也は笑ってしまう。

「懐《なつ》かしいな」

律もうつむいて小さくほほ笑《え》む。

すると、響也の肩にこつんと何かが当たった。かすかに石鹸《せっけん》の匂《にお》いがして、慌てて視線を向けるとそれは船を漕《こ》ぐ幼なじみの頭だった。

「……おい、かなで？」

しかし、かなでは「ううん……」と言葉にならない言葉をこぼすだけだ。

「もう遅いからな。眠気に負けても仕方ない」

「……ったく、しょうがねぇな」

口では呆《あき》れたように言いつつも、子どものころを思い出して、響也はそれほど悪い気にはならない。

「いいよ、お前は寝てろ」

「ああ、何かあったらすぐに起こしてやるから」

律も一緒に声を揃《そろ》える。

台風はきっと、このまま遠ざかっていくだろう。

「なんも心配はいらねぇぜ。……おやすみ」

響也は言うと、安心させるようにかなでの肩を軽く叩いてやった。


「おおっ、空が高いぜ！　ここまで上ってきてよかったぁ」

学校の校舎《こうしゃ》の屋上《おくじょう》で、響也は子どものように声をあげる。

夏特有のじめじめした湿気《しっけ》も昨日の台風でどこかに飛ばされてしまい、清々《すがすが》しい空気があたりに満ちている。

こんな天気のいい日に屋上に上ったら気分がいいのではないか——？　そんな気持ちがふと湧《わ》いて、響也はここまで来てしまったのだ。

（よし、ここは得意の『ディヴェルティメント』でも弾《ひ》いてみるか）

持ってきたケースの中からヴァイオリンを取り出すと、軽く調弦《ちょうげん》をする。

ディベルティメントは、イタリア語で楽しい、面白《おもしろ》い、気晴らしをする、といった意味から派生《はせい》した言葉だ。日本語に訳すと嬉遊曲《きゆうきょく》などと言われ、その言葉どおり、明るく楽しい雰囲気の曲だ。

（いつだったか、『お前が好きな理由がわかる気がする』って兄貴に言われたけど……。あれは褒めてたのか？　それとも貶《けな》してたのか？）

今となってはわからないが、そんなことを考えるより、ディヴェルティメントを弾いてぱぁっと明るい気分になったほうがいい。

弓をヴァイオリンに走らせると、乾《かわ》いた空気に澄《す》んだ音色《ねいろ》が響いた。街が見える校舎の屋上に立っていると、自分が大きなステージにいるような気分になる。この街の人々すべてが、観客になったような感覚だ。

（ガキくさい想像だけど、そういうふうに考えると、けっこう気分、いいよな）

——ただ一心に、自分の心の赴《おもむ》くままに。音楽の盛り上がりとともに、自分の気持ちも盛り上がっていく。

この場に律がいたなら「もっと楽譜《がくふ》を読み込め」と文句《もんく》のひとつも言ったかもしれない。だが、響也にとってはどれだけ派手《はで》に、楽しく弾けたかが重要なのだ。

メロディが潮風《しおかぜ》に乗って溶けていく。さわやかに海から吹いてくる風は、響也が育った内陸の町では絶対に味わえないものだった。

(よっしゃ、カンペキの出来!)

気持ちよく弾ききって楽器を下ろすと、すぐそばに人の気配があるのに気がついた。

慌てて振り返ると、かなでが立っている。自分と同じように息抜きにきたのだろうか?

「お前、いつからそこにいたんだ。こっそり見てるなんて趣味悪ぃぞ。声かけろよ」

好き勝手に好みの曲を弾いていた気恥《きは》ずかしさから、思わずそんなことを言ってしまう。

そそくさとヴァイオリンをケースに仕舞い、

「久々に弾いたけど、やっぱ気分いいよな~」

笑顔で向き直った響也に、かなではちょっと困ったような顔をした。

「それはいいんだけれど……。でも、『チャルダッシュ』の練習は?」

彼女は、しあさってに迫《せま》った学内選抜のことで頭がいっぱいなのだ。

やれやれ、と響也は思う。それは昨日やったし、今から不安に思わなくてもいいのに。

「そっちは学内選抜本番までにはなんとかしておくって。当日、うまくいけば問題ないだろ？　だいたい、いっつも一〇〇パーセントで頑張ったからって、それで評価なんてされないぜ？　努力してるってこと自体に価値があるのは趣味《しゅみ》でやってるヤツらだけ。音楽科に入った以上、オレらは、うまく弾けるかどうかだけがすべてなんだからさ」

我ながら的《まと》を射《い》たことを言ってるな、と思ったが、かなでは小さく首を振った。

「でもやっぱり、もっと真面目《まじめ》にやったほうがいいよ」

普段なら説教はしない彼女だが、『練習こそが結果を残す』という考え方なのだろう。

「はい、はい。わかった、わかった。……気が向いたらな」

響也は適当に返事を返すと、

「……で、お前はなんで屋上に来たんだ？」

と問いかけた。

「やっぱり息抜きか？」

「ううん、私は練習。ここなら誰《だれ》もいないかなって思ったんだけど、響也が一番乗りだったね」

瞬間、響也は思わずつぶやいていた。

「お前、真面目だな〜。少しは肩の力を抜いとけよ。でないと、そのうち息切れするぜ」

でも、それが彼女のいいところなのだ。

ディベルティメントを弾いてすっかり満足してしまった響也だったが、このまま帰るのはなんだか勿体《もったい》ない気分になってしまった。

（せっかくだし、こいつの練習風景を見学させてもらうかな。少しはオレの参考になることもあると思うし）

そうと決まれば話は早い。

「星奏《せいそう》の屋上って、あんま人が来ないんだな。風も涼しいし、日陰《ひかげ》に入れば絶好の昼寝ポイントになりそうだぜ」

さりげなく言って、幼なじみの姿が見える日陰に引っ込む。

「さーて、オレもここでもうちょっと休んでいくか」

ごろりと横になったコンクリートの床は冷たくて、とても心地よかった。

午後の屋上に、『チャルダッシュ』の哀切《あいせつ》なメロディが響く。ゆっくりと、すすり泣くように弦が歌ったと思えば、次の瞬間には速いテンポで華《はな》やかなフレーズが繰り広げられる。変幻《へんげん》自在《じざい》なハンガリーの舞曲《ぶきょく》が、先ほどから何度も繰《く》り返されていた。

「なんだ。誰かと思えばお前か」

「……兄貴」

演奏を止めた響也がハッと振り向く。

「てっきり小日向かと思ったが……。ヴァイオリンの音色やクセが違うし、確か彼女はセカンドヴァイオリンだったはず。音につられて来てみれば……お前とはな」

「な、なんだよ。お前とはなって！」

今日は朝からそうだ。一心にヴァイオリンを弾いていると、誰かがいつのまにか演奏を聴《き》いている。無防備《むぼうび》なところでふいを突かれたようで、こういうシチュエーションはどうも慣《な》れない。

「珍《めずら》しく練習してるから、からかいに来たのか？」

思わず言うと、律は首を振ってみせた。

「違う。まだ拙《つたな》い部分もあるが、回数を重ねるにしたがって音が徐々に安定してきている。……いいんじゃないのか？」

「…………」

まさか褒められるとは思ってもいなかった。

かなでが屋上から去ったあと、不思議《ふしぎ》と自分も練習がしたくなった。ファーストヴァイオリンとセカンドヴァイオリン、そしてヴィオラ。三つの音が合わさったとき、いったいどんな音楽ができあがるのだろう？　純粋《じゅんすい》な興味《きょうみ》と、どうせ演奏するなら素晴らしいものでなければという向上心が頭をもたげたのだ。

「……何か訊《き》きたいことはあるか？」

静かな声が、響也の耳朶《じだ》を打つ。

「何かって、なんだよ？」

「それこそ、演奏のことから星奏学院のことまでだ。転校してきて数日では、まだわからないことも多いだろう？」

「いらないお世話だ。死んでもあんたに助けを請《こ》うつもりはないんでね」

「そうか？　残念だな。昔のお前は本当に素直だったのに」

「す、素直って……！」

「つまらない意地を張ると、それだけ損《そん》だということだ」

律がくるりと背中を向ける。

「まぁ、いい。学内選抜を楽しみにしている。他の部員も、本気でぶつかってくるぞ」

去りぎわ、つぶやいた律の台詞《せりふ》は、響也の兄ではなくオーケストラ部の部長のものだった。

昼間騒《さわ》がしかった蝉《せみ》の声も徐々に収まり、あと一時間もすれば夕暮れというころ。響也のケータイにかなでから連絡があった。聞けば、大地《だいち》も含めた三人で、アンサンブル練習をしたいのだという。

（あいつ……朝っぱらから今まで、ずーっとヴァイオリン弾きっぱなしじゃねーかよ）

そういう自分も彼女と別れ、兄に激励《げきれい》のようなものをされたあとも、休憩《きゅうけい》を挟《はさ》みつつ練習をしていたのだから、人のことを言えたものではない。

「……いいけど。どこでやるわけ？」

響也の問いに、かなでは正門前を指定してきた。

「わかった。じゃ、あのおかしな像の前で待ち合わせな」

手早く片付けを済ませて約束の場所まで来ると、すでに二人が待っていた。

「そろそろ俺も、アンサンブル練習が必要だって思っていたんだ。そうしたら、ものすごいタイミングで呼び出しの電話がかかってきただろう？　ひなちゃんと俺、けっこう気が合うのかもしれないね」

会ったときと同じようなノリで大地が言う。

（まったく。こいつは……）

本気なのか冗談《じょうだん》なのか、隙《すき》あらばかなでにモーションをかけようとするのが気に入らない。

「ほら、さっさと始めようぜ。日が暮れちまう」

「はいはい。まったく、急《せ》かさなくてもいいだろうに」

三人は円《まる》くなって『チャルダッシュ』の演奏を始めた。しかし、音がまったく噛《か》み合わない。それぞれが自己主張してしまい、美しいハーモニーを奏《かな》でられないのだ。

ちょうど、休日練習を終えたらしい運動部のグループが通りかかったが、誰も足を止めてくれなかった。

「うわ、なんか不安になってきた……」

「ま、初めてなんだし、こんなものだよ」

大地は意外とあっけらかんとしている。

「あ、でも、ファーストヴァイオリンはもう少し練習したほうがいいな」

「へーい」

「なんだ、ずいぶんと素直な反応だな」

「……素直だと悪いのかよ？」

「そういうわけじゃないけど、もう少し反抗的《はんこうてき》な態度をとるヤツだと思ってたからさ」

「お前、なにげに失礼なこと言ってるぞ」

ふと、先ほど律に言われた台詞を思い出す。『昔のお前は素直だったのに』。まさかそのひとことが影響しているのだろうか？

（いやいや、そんなことは絶対にありえねぇ！）

「なんだい？　いきなり首を力いっぱい振ったりして？　もしかして肩こりかい？　まだまだ若いんだから、そんなことでは困るぞ」

「ちげーよっ！」

ふたりのやりとりを、かなでがくすくす笑いながら見つめている。

「それじゃ、今日はそろそろお開きにしよう。　あ……と、その前に」

大地が鞄の中から何か取り出した。

「はい、大会参加者用のＩＤカード」

「ちょっ……、待てよ」

ごく自然な調子でカードを出され、響也は慌ててしまった。

「選抜メンバーに決まってねぇうちからこんなもんもらっても……気が早すぎじゃねぇ？」

けれど、大地はあっさりしている。

「なんだ、弱気だな。選抜メンバーになるに決まってるだろう？　お前にも、ひなちゃんにもその力があると思ったからこうして協力してるんだ」

（オレたちが、選抜メンバーになる？）

副部長にはっきり言われれば、響也だって悪い気はしない。

「そ、そっか……。そうだよな！　オレたちがメンバーにならねぇで誰がなるっつんだよ？　なあ、かなで？」

自尊心《じそんしん》を少しばかりくすぐられ、無意識に頬《ほお》が緩《ゆる》んでしまうと、

「まあ、ＩＤカードはオケ部全員が持ってるし、取材に来る報道部員ももらってるんだけどね」

大地がばっさり切って捨てた。

「なんだよ……それ。ったく、紛《まぎ》らわしい真似すんなよな！」

からかわれたような気分になって、響也は唇《くちびる》を尖《とが》らせる。

けれど、大地はしれっとしている。

「選抜メンバーになれると信じてるのは本当だよ。これをもらった部員のうち、ステージに立てるのはほんのひと握《にぎ》りだ。君たちには、なんとしてもそのひと握りに入ってもらわないとね」

（ステージに立てるのは、ほんのひと握り……）

その言葉が、響也の胸を打った。

（なんとしてでも、そのひと握りに入る……か）

「大丈夫、君たちならできるさ。そうでなければ俺も困る」

急に真剣な表情になった響也たちに、大地はやわらかく笑ってみせた。

#5 遥かなるライバル

学校帰りに街を探検することにした。

響也《きょうや》がこの街に引っ越してきてから六日目、学院や寮《りょう》の周辺に何があるのか、知る必要があると思ったからだ。ヴァイオリンの練習も大事だが、いち早く環境に慣《な》れることも大切だろう。

「確かこっちに、星奏《せいそう》学院の生徒御用達《ごようたし》のコンビニがあるって聞いたけど……」

表通りから裏通りへ。気ままにうろついていると、『コンビニ　ハラショー』という看板《かんばん》が目に飛び込んできた。

(聞いたことない名前だけど、このあたりじゃ普通にあるチェーンなのか？)

いったいどんな品揃《しなぞろ》えなのだろう？　お気に入りのスナックやドリンクが、ここでも売られていればいいのだが――。

そんなことを考えながら店内に入ってみると、

「イラッシャいマセ～♥」

という、独特のイントネーションを持つ声に出迎えられた。

（うおっ？）

響也は一瞬《いっしゅん》目を疑う。

声の主《ぬし》は金髪碧眼《へきがん》の女性。年は二十代半《なか》ばだろうか。レジ台の後ろにいて、緑色の制服も着ているから、おそらく店員なのだろうが――。

（もしかして外国人？　さ、さすがは横浜《よこはま》、思わぬところで不意打《ふいう》ちをくらっちまったぜ）

黒船。横浜開港。お雇《やと》い外国人。歴史の授業で習った単語が次々と脳裏《のうり》に浮かぶ。

現代の横浜で外国人がコンビニで働いていることと、黒船や開港はまったく関係ない。だが、軽く驚《おどろ》いた響也は「なるほどな」と、自分でも何がなるほどなのか、よくわからないことをつぶやいてしまった。

ふと、頭上を見れば『夏のピロシキフェア』の垂《た》れ幕《まく》。夏にあえてピロシキというのは不思《ふし》議《ぎ》な気がしたが、やはりこれも横浜ならではの心意気（？）なのだろう。

（お、オレの好きなジンジャーエールが置いてある。まずは飲み物は合格だな）

一番奥のソフトドリンクの棚《たな》を見て、ひとりうなずく。

だが、ぐるりと店内を一周するうちに、響也の頭の中に「？」がポンポンと湧《わ》き出した。

スチール製のやかん。

万年カレンダー。

朝顔の鉢植《はちう》え。

（ど、どうなってんだ、この店は！　万年カレンダーは百歩譲っていいとして、朝顔の鉢植えって……。ここは花屋じゃないんだぞ！）

恐るべし横浜のコンビニ、『ハラショー』。

（……ま、品揃《しなぞろ》えはめちゃくちゃだけど、一応、基本は揃ってるし。使えないことはないか……）

とりあえず納得してジンジャーエールを一本買うと、

「アリガトウございました～♥」

店を出ようとする響也の背を、またまた妙《みょう》なイントネーションの言葉が追いかけてきた。

（さて、これからどうすっかな）

コンビニを出て腕《うで》時計を見ると、帰寮時間までまだだいぶ余裕《よゆう》があった。

（せっかくだし、もう少し歩いてみるか。この先に元町《もとまち》商店街とかいうのがあったよな）

フェニックスの像が置かれたアーチを潜《くぐ》ると、両側に品のいい外観の店が並ぶ通りが現れた。

一歩足を踏み入れて、響也は軽く目を見張る。

自分の認識では、商店街イコール地元に密着した八百屋や魚屋がある場所で、おっちゃんやおばちゃんが元気に客寄せをしているイメージがあった。

しかし、ここはまるきり違う。宝飾品を扱う店や高級そうなブティック、輸入雑貨に喫茶店《きっさてん》と、どれもがおしゃれなのだ。

（す、すげぇ……。うちの地元とは大違いだ。ん？　この水道はなんだ？　なんでこんな低い場所に……て、ペット専用の水飲み場ぁ？）

あたりは珍《めずら》しいもの、面白《おもしろ》そうなものだらけで目移りしてしまう。

（なんか、道行く人もセレブって感じだし。オレ、浮いたりしてないよな？　……お？　でも、うちの制服着たヤツもいるじゃん）

女子生徒がひとり、こちらに向かって歩いてくる。なんとなく親しみを感じて見つめてしまうと、相手もこちらの視線を感じたのかきょとんと顔を上げ――

「あれ？」

響也は思わず声をあげる。なんと、やって来たのはかなでだったのだ。

「なんだ、グーゼンだな。どこ行くんだ」

彼女も街の散策をしていたのだろうか？

すると、かなでは小さく首を振り、

「ヴァイオリンの弦《げん》を買いに行くところ」

と、手にしたケースを掲《かか》げてみせた。

「あ、そっか。そうだよな、そろそろ弦買っとかないとヤバいもんな」

思いがけないことを言われ、響也はふと考える。

自分はいつ、ヴァイオリンの弓の毛を張り替《か》えただろう？　年明けごろに替えてもらったはずだから——。

「響也は、そろそろ弓も張り替えたほうがいいんじゃない？」

かなでの言葉にうなずきかけ、それから困ったように頭を掻《か》いた。

「あー、でもあんま金ねぇんだよな……張り替えっていくらかかるかな。今まではお前んちのジイさんに頼んでたから、気にしたことなかったのに」

田舎《いなか》にいたときには、頼めばすぐにやってもらえた。「お代なんて、子どもが気にかけんでええ。うちのヴァイオリンでたくさん練習してくれればそれが一番じゃ」という言葉に甘えていた。知らないうちに支えてもらっていたというのは、こういうことを言うのだろう。

「ま、見に行くだけ行ってみるか。で、楽器屋ってどっちだ？」

気持ちを切り替えて尋《たず》ねると、かなでは一枚の地図を見せてきた。だが、手描きのそれは線がぐにゃぐにゃ。何がなんだかよくわからない。

「うわ、すごいな、これ。友達にでも描《か》いてもらったのか？」

「そうなんだけど……。響也にもわからない？」

「ええと、この道が元町通りで……。いいから、ちょっとそれ、こっちに貸してみ？」

これでは、方向音痴《おんち》のかなででなくても迷子《まいご》になってしまうだろう。

結局ふたりで迷いつつも、どうにかたどり着いた楽器店は、立派なレンガ造りの建物だった。もしかしたら、創業《そうぎょう》百年近い歴史のある店なのかもしれない。

「ごめんくださーい……」

多少、気後れしながら美しい木目調《もくめちょう》のドアを押すと、ドアベルの軽やかな音が響いた。

壁に沿って並んだガラス張りのショーケースの中には、磨《みが》き上げられたヴァイオリンが宝石のように飾られている。

「うわ、すげぇ……」

響也は我《われ》知らず駆《か》け寄ってしまう。

「やっぱ都会の店は違うよな……。こんな値段のヤツもあるんだな。見ろよ、これなんか桁《けた》二つくらい多いんじゃねぇの？」

興奮《こうふん》気味に、ケースに顔が付くほどの距離で眺《なが》めていると、かなでが「お店の人はどうしたのかな？」と、不安げにつぶやいた。

「気にすんなって。すぐ出てくるだろ」

気軽に言ったあとで、中央のガラステーブルの上にヴァイオリンが一挺《いっちょう》置かれているのに気がついた。ケースの中に収められているものに優るとも劣《おと》らない、美しく気品《きひん》のある姿だ。

「綺麗《きれい》だな、これ。なんでこんなとこに置いてあるんだ？」

近づいてまじまじと見ると、おあつらえ向きに弓までそばに置いてある。まるで弾《ひ》いてくれと言わんばかりの状態に、響也の手が無意識にのびていた。

ヴァイオリンを構《かま》え、そっと弦に弓をすべらせる。

軽く触れただけなのに、弦から紡《つむ》ぎ出された音は深い響きをもって、店いっぱいに広がっていく。

「うわ……すっげ、いい音」

まさに、想像以上の音色《ねいろ》。耳の奥に残った音の余韻《よいん》を楽しんでいると、唐突《とうとつ》に奥の部屋のドアが開いた音がした。

「やべっ！　誰《だれ》か来る！」

反射的にヴァイオリンをテーブルに戻したとたん、高い靴音《くつおと》とともに長身の青年が現れた。どこの学校のものなのか、白い学生服に身を包んでいる。

「何をしている」

「あ、悪い、ちょっと――」

軽い調子で響也が謝《あやま》りかけたとたん、予期《よき》しないことが起こった。

「その手をどけろ、野良犬《のら》がっ！」

突然、青年が吼《ほ》えたかと思うと、響也を殴《なぐ》り飛ばしたのだ。

「うわっ！」

そのあまりの勢いに、響也は尻餅《しりもち》をついてしまう。

「ってぇ……何しやがる、いきなり！」

しかし、青年はさらに声を荒げる。

「黙《だま》れ、貴様《きさま》のような駄犬《だけん》が俺の『シュトルム』に触《ふ》れるなど……。その指をすべて折り取ってでもつぐないきれんわ！」

「……っだと？　聞いてりゃ、さっきから駄犬だ、野良犬だと言いたい放題じゃねぇか！　人をなんだと思ってやがんだ！」

「やめて！　ケンカはしないで！」

まさか、こんなところで騒《さわ》ぎが巻き起こるとは思ってもいなかったのだろう。かなでが泣きそうな顔で割って入った。

「なんだよ、お前はさがってろ！」

慌《あわ》てた響也は鋭《するど》く叫《さけ》ぶ。かなでまで巻き込まれて、ケガでもしたら大変だ。

「女に守られるとは惰弱《だじやく》だな」

青年がバカにしたように唇《くちびる》の端《はし》で笑う。ちらりとかなでに視線を移し——そのまま、その目が驚愕《きようがく》に見開かれた。

「き、貴様は——小日向《こひなた》かなで……。馬鹿《ばか》な……。なぜ……貴様がこんなところに……」

(え？　な、何を言ってるんだ、こいつ？)

響也同様、かなでもぽかんと青年を見上げている。どうして自分のフルネームを知っているのか、彼はいったい何者なのか……。まさに、そんな表情だ。

「覚えてさえいないか、俺のことを」

青年から怒気《どき》が一気に抜け落ちた。けれど、その次の瞬間《しゆんかん》彼の身体《からだ》の内から湧《わ》いてきたのは、響也の目にも見えそうなどす黒い怨嗟《えんさ》の念。

青年の口から皮肉《ひにく》とも嘲《あざけ》りともとれる台詞《せりふ》がこぼれ落ちる。

「……そうなのだろうな。クク、そうだろう。貴様にとっては他愛《たあい》ない出来事なのだろう。だが、俺は忘れたことはなかったぞ」

責めたてるように、青年はゆっくりとかなでに近づいていく。

「貴様が砕《くだ》いた、俺の魂のかけらは今もこの胸にささったままだ。俺が得た屈辱《くつじよく》と、同じだけの屈辱を貴様に味わわせるまでは……。安らぎなど、得られはしない。忘れ去ることなど、できるはずもない」

怯《おび》えるかなではゆっくりと後退し、ついにガラスケースの前まで追い詰められてしまった。初めて出会った人物に、身に覚えのないことで糾弾《きゅうだん》される。それほど混乱し、恐怖を覚えることはない。

「——待て……てめぇ……」

身を小さくして、怯えきったかなでの前に、響也が立ちふさがった。

「さっきから聞いてりゃ、薄気味悪いことばっかぬかしやがって」

「……なんだ。まだ吠えるだけの気力はあるのか」

「うるっせぇ、かなでから離れろ！　この白ラン野郎が！」

牽制《けんせい》するように大きく手を振った響也のポケットから何かが落ちる。

とたん、青年の目が面白そうに細められた。

「——それは……『全国学生音楽コンクール』のＩＤカードか。そうか……貴様はあのコンクールに参加するのか」

まだ決まったわけではない、とはこの場の雰囲気《ふんいき》から言えなかった。

青年は高く笑うと、「それは何よりの吉報《きっぽう》だ」と口元を歪《ゆが》める。

「小日向かなで、貴様が今、ここに現れたことを心から祝福しよう。腑抜《ふぬ》けのようになった貴様では同じステージに立つだけの価値もなかった。かつての輝きを取り戻した貴様からでなければ、真の勝利など得られるはずもない。頂点《ちょうてん》を目指し、登ってくるがいい。俺はそこで、貴様を待つ」

意味不明な捨て台詞を吐《は》いて、青年は去っていく。

「待てっ、てめぇ！」

すかさず響也は追おうとしたが、殴られた痛みがまだ尾を引いている。

「……くっ……」

思わず顔をしかめたところで、

「——大丈夫？」

と声がかかった。

「大丈夫なわけねぇだろ！　——って……」

勢い、怒鳴《どな》りつけて顔を上げると、そこには高級そうなスーツに身を包んだ美しい女性がいた。

「ごめんなさいね。玲士《れいじ》くんがこんなことをするなんて。折れたり、くじいたりしていないといいけれど……」

心配そうに近づいてくる女性に、響也は慌てて首を振る。こんな女性相手に情けないところを見せられないと、哀《かな》しい男のサガが胸の中で声をあげている。

「だ、だ、大丈夫ですよ。ほら、なんてことないただのかすり傷ですから！」

「そう？　それならよかったわ。男の子だもの、ケンカは慣《な》れっこなのね」

「そりゃそうですよ。このくらいの怪我《けが》、日常茶飯事《さはんじ》ですって！」

調子にのって言ってしまうと、突然、かなでが傷をつついてきた。

「痛っ――！　な、な、何しやがる！　痛えだろうが！」

結局ただのヤセ我慢《がまん》だということが、幼《おさな》なじみにはわかっていたようだ。

けれど、女性は噴《ふ》き出したりせずに、申し訳なさそうに頭を下げた。

「本当にごめんなさいね。玲士くん、あのヴァイオリンをとても大切にしているから……。誰かに触られるのが、嫌でたまらなかったのね」

「玲士くん？　それが、さっきの人の名前ですか？」

かなでが訊《き》くと、女性はかけていた眼鏡《めがね》を外《はず》し、どこか遠いところを見るような眼差《まなざ》しになった。

「そう……。本当にあなたは覚えていないの。ふふ、まるで玲士くんの片思いなのね」

（はぁ？　片思いってなんだよ？）

気になる言葉だったが、それが一種の哀《あわ》れみを込めた揶揄《やゆ》なのか、表現どおりの意味なのかは響也にはわからない。

だいたい、かなで自身もその存在を今まで忘れていたような相手なのだ。それに、彼女は人の恨《うら》みを買うような人間ではない。何かの勘違《かんちが》いではないのかと思いたくなってしまう。

「さて、怪我はたいしたことがなさそうでよかったけれど、もし家に帰ってから具合が悪くなったりしたら、病院にちゃんと行ってね」

女性は話をまとめにかかる。

「――これ、私の名刺《めいし》です。連絡をもらえれば、ちゃんと治療費《ちりようひ》もお支払いしますから」

差し出された名刺には、『天音《あまね》学園理事　御影諒子《みかげりようこ》』と書いてあった。

それでは、あの青年は天音学園という学校の生徒なのだろう。

(もしオレたちが全国学生音楽コンクールに出場することになったら、アイツと競《きそ》い合うことになるのか？)

相手はいったいどれくらいの実力の持ち主なのだろう？　それは、ほんのわずかな興味《きようみ》と大きな不安を響也の心に沸《わ》き立たせた。

#6 学内選抜

七月二十日。とうとう学内選抜《せんばつ》の日がやって来た。

（……にしても、講堂《こうどう》でやるなんて聞いてないぜ）

前回の選抜はこぢんまりと音楽室で行われたのに。どこで噂《うわさ》を聞きつけてきたのか、響也《きょうや》が舞台の袖《そで》から覗《のぞ》くと、期待に胸を高まらせた生徒たちが演奏が始まるのを今か今かと待ち構《かま》えていた。

「ずいぶん生徒が集まってきていますね。客席にはオケ部の部員ではない生徒もいるようです」

悠人《はると》――オケ部の生徒たちからはハルと呼ばれている、あの気の強い下級生が緊張した声を出す。

「別にいいだろ。どうせ全国大会ともなりゃ大観衆《かんしゅう》がいるんだ。それともお坊《ぼっ》ちゃんは観客がいるとびびって弾《ひ》けないとか言いだすのか？」

「……まるで幼稚《ようち》ですね。挑発《ちょうはつ》のつもりなら、もっと独自性を勉強してきてください」

「なんだと、コラ！」

やっぱりこの一年生は可愛《かわい》くない。響也の手が相手の制服の襟元《えりもと》にのびると、ハルも負けじと胸ぐらをつかんでくる。

「こらこら、つかみあわない。学校内で暴力沙汰《ぼうりょくざた》なんて起こしたら、大会に出られなくなるだろ？」

そこをすかさず大地《だいち》が引き離した。なんだかんだ言ってもこういうときは頼れる三年生だ。

「さ、それより演奏順を決めるぞ」

アンサンブルの演奏順は、くじ引きで決めるらしい。

「かなで、お前が引いてこいよ」

響也は緊張した面持《おもも》ちのかなでに声をかける。

彼女が少しでもリラックスできるようにと思ったのだが、引いてきたのは十三番という数字だった。なんだか不吉な予感がしてしまう。

(それにしても、いったい何組出場するんだ？)

すると、響也の疑問に答えるように、

「全部で十三組。お前たちが最後の演奏だ」

と、律《りつ》が教えてくれた。

「仕方がない。しばらくは観衆に徹《てっ》するしかなさそうだね」

大地が軽い調子でつぶやく。

「つーか、十三組って多すぎねぇ？　オケ部って全部で何人だよ？」

「四十人。幽霊《ゆうれい》部員を除《のぞ》けば全員参加みたいだな」

これにはさすがの響也も驚《おどろ》いた。

「ぜ、全員？　ティンパニとかもいるのか？」

打楽器《だがっき》の奏者《そうしゃ》まで参加とは。だいたいとして、ティンパニ用のアンサンブル曲なんてほとんどないはずだ。

「ま、お祭り騒《さわ》ぎになってるのは否《いな》めないけど……出たいんだよ、みんな。全国のステージに上がって、あの銀のトロフィーを持ち帰るヒーローになりたいだろ？」

「……そうかぁ？　やっぱ星奏《せいそう》ってよくわかんねぇ……」

単に、必要以上に盛り上がっているだけのようにも受け取れるが……。これがオーケストラ部独特の考え方なのだろうか？

そんなことを考えながら、先に出場したグループの曲に耳を澄《す》ませる。皆、それぞれにうまいが、あくまで高校生レベルだ。これくらいなら、地元の音楽教室にも何人かいた。

(律は満足してんのかなぁ？　『ライバルが必要だ』って田舎《いなか》を飛び出したのにさ)

ただ、響也も少しだけ、律の気持ちがわかったような気がした。

今、こうして自分ががっかりしているということは、無意識に手強《てごわ》い相手——良きライバルを求めているということだ。「自分よりうまいヤツがいなくてよかった」ではなく、「自分よりうまいヤツと競《きそ》いたい。もっと高みに登りたい」という気持ち。それが、演奏技術を高め、曲のレパートリーを増やしてくれる。

ふと、響也の胸に、「玲士《れいじ》くん」と呼ばれていた、あの不遜《ふそん》な態度の学生の姿が浮かんだ。

（あいつ、あんなにすごいヴァイオリン持ってて……おまけに全国学生音楽コンクールにも出場するみたいなこと言ってたよな。いったい、どれくらいの腕《うで》なんだろう？）

できれば、演奏を聴《き》いてみたい。楽器のことであれだけムキになり、高圧的な態度をとるからには、それ相応《そうおう》の自信があるからに違いない。

「うん……なかなかいいな」

（……ん？）

ふと、そばにいた大地の声で響也は我《われ》に返った。

「原田《はらだ》さんと村上《むらかみ》さんは一週間前からずいぶん上達してる。学内選抜がみんなにとっていい刺《し》激《げき》になったみたいだ。期待以上の収獲《しゅうかく》だな」

「期待以上？」

感心したような口調に、ついつい反発したくなる。

「先週からどんだけうまくなったかしんねぇけどさ。驚くほどのレベルでもねぇだろ。星奏オケ部もこの程度で全国出るなんて、無謀《むぼう》じゃねぇの？」

「ふふ、手厳《てきび》しいな」

大地はやんわり笑うと、

「だが、次の演奏を聴いてもそう言えるかな？」

「次？」

首を傾《かし》げてみせると、その声を受けたようにハルが一歩進み出た。

「次は部長と僕の演奏です」

そうして、響也の言葉に対抗するように、

「オーケストラ部を侮辱《ぶじょく》する発言が二度とできないように、完璧《かんぺき》な演奏をお見せしましょう」

静かな声でそう言ったのだった。


二人の演奏曲はJ．S．バッハの『二声のためのインヴェンション第8番』だった。

律のヴァイオリンとハルのチェロが、細かく、複雑なフレーズを正確に紡《つむ》いでいく。講堂いっぱいに溢《あふ》れた音はたくさんの人を魅了《みりょう》し、さらに屋外まで流れて新たな聴衆《ちょうしゅう》を呼び寄せる。

（な、なんだ……？）

曲が最高潮に達したとき、ふと、響也の目の前に清冽《せいれつ》な川が現れたような気がした。水底まで見えそうなそれは陽光《ようこう》を反射してきらめく。

水の流れは音の流れ。妥協《だきょう》を許さないほど研《と》ぎ澄《す》まされた、不純物の一切ない音。細かった流れは集まり、やがて大きな滝となって胸の中に流れ込む。

ふたりの演奏が終わると、割れるような拍手《はくしゅ》が鳴《な》り響いた。口々に漏《も》れるのは称賛《しょうさん》の声ばかりだ。

「やれやれ、容赦《ようしゃ》ないな、律も。学内選抜でここまでやらなくてもいいだろうに」

大地の口から苦笑が漏れた。

「……段違いじゃねえか、他の部員と……。なんだよ、今の……」

響也はがく然とするしかない。

突如《とつじょ》目の前に現れた、視覚化されたような音のイメージ。あの清い滝の流れは、今の曲にぴったりだった。

「あれは『マエストロフィールド』。一つの世界を生み出す音楽の力だ」

大地が静かに言う。

「音楽の妖精《ようせい》が見せる幻《まぼろし》なのだと言う人もいる。音楽を聞いて、何か強烈《きょうれつ》なイメージを呼び起こされたことはないかい？　さっきまでただのホールだった場所が、一曲の音楽によって王宮になり、水底《みなそこ》になり、雪原《せつげん》になる。音の羅列《られつ》に過ぎないはずの『音楽』がなぜか鮮《あざ》やかなイメージになって聴衆の前に世界を作るんだ」

そこで一旦《いったん》言葉を切ると、大地は自分が手にしたヴィオラを、そして響也のヴァイオリンに目を移した。

「曲は作られたときからそれぞれ世界を抱いて眠っているのかもしれないね。優れた音楽家はそんな世界を蘇《よみがえ》らせる力を持ってるのかもしれない」

つまりあの幻は、言い換えれば一流の奏者にしか発現できないものなのだ。

――やがて、舞台袖にハルたちが帰ってきた。

「お疲れ、腕を上げたな」

さらりと大地がハルをほめる。

「ありがとうございます。いかがですか、これが『星奏学院オーケストラ部』です。これでも力不足だと言えますか」

噛《か》みつくように詰《つ》め寄られ、響也は黙《だま》り込むしかなかった。あんな魔法のようなものを見せられて、それでも楽勝と笑って言えるほど響也の神経は太くない。

そんな響也を、律は何も言わずに見つめている。

（兄貴《あにき》……オレが田舎にいる間に、相当頑張ったんだな）

けれど、自分だってそれなりにやってはいたはずだ。こちらに引っ越して来てからも、かなでから刺激を受けて個人練習も頑張ったし、昨日は三人で嫌というほどアンサンブル練習もした。

（でも……なんなんだよ、マエストロフィールドって……）

「さて、次はこっちの番だ。行こうか」

「……え？」

軽い調子で声をかけられ、響也は瞳をしばたたいた。もう自分たちの番になってしまったのだ。だが、あんなことがあったあとで、気持ちが前に進まない。

「なんだ、腰《こし》が引けてるな。大観衆の前だって、びびったりなんてしないんだろ？　あの演奏が全国レベルだ。怖いなら、全国のステージになんて上がれるわけがない」

（全国レベル？　全国のステージ……？）

そうだ、学内選抜に勝てないようでは、全国コンクール優勝なんて夢のまた夢だ。あの白ラン野郎に一矢報《いっしむく》いたくても、校内の壁すら破れませんでした、では話にならない。

考え込んでしまった響也から、律はかなでに視線を移す。

「どうする、小日向《こひなた》。やめるか。大地の言葉どおりだ。全国のステージは今の比ではない。

強豪《きょうごう》は全国にひしめいている。もしもやめるのならば今しかないぞ」

端的《たんてき》に言えば、「自信がないなら、恥《はじ》をかく前にやめろ」。

その言葉にかなでは小さく息を呑んだが、やがて、ゆっくりと胸の奥から吐《は》き出すようにつぶやいた。

「それでも、私はやりたいんです」

「……そうか、いいだろう」

律が頼もしそうな笑顔を浮かべる。

「だってさ。どうする？　お前は」

大地が響也を試すように言って、返事を待った。響也のファーストヴァイオリンが抜ければ学内選抜どころではない。大地自身もその余波《よは》で全国コンクールに出られなくなってしまうかもしれないのに。あくまでこちらの意向を聞いてこようとする大地に感嘆《かんたん》すら覚えながら、響也は腹を決めた。

「この状況でオレだけ逃げられるかよ。乗りかかった船だ。こうなりゃ徹底的《てってぃてき》にやってやる。なんのことはねぇ。さっきよりいい演奏すりゃいいんだ」

わめくように言った言葉は、そのまま響也の決心を固くする。

「なら、話は決まりだ」

大地があっさりと言って舞台に向き直った。

「どうなるにせよ、まずは一曲弾いてこようか」


舞台に上がった三人に、好奇《こうき》の視線が降り注《そそ》ぐ。

特に、転校生のかなでと響也には、ところどころで「誰《だれ》、あれ？」というざわめきが起きている。

（うわ、緊張しちまうかも）

うっかり身体《からだ》が強《こわ》ばって、隣《となり》の幼《おさな》なじみはと見れば、自分よりもはるかにガチガチになってヴァイオリンの棹《さお》を握《にぎ》っていた。

（こ、こいつ……。子どものころのステージで大失敗して、いろんなヤツに好き放題言われてから、すっかり萎縮《いしゆく》するようになっちまったからな）

呆《あき》れかけた響也だったが、そのかわり、不思議《ふしぎ》と身体の強ばりがとけかけている。自分のことよりまずは、かなでを放ってはおけない。

「ほら、かなで、ぼやっとしてんなよ。観客なんて気にすんな。カボチャかスイカだとでも思えっていうだろ」

こそりと耳元につぶやくと、

「それでも、緊張する……」

「ったく、しょうがねぇな。怖いっつーなら……客席見ねぇでオレだけ見てろ。そんなら練習と変わんねぇだろ」

我ながらキザな台詞《せりふ》かもしれないと思ったが、かなでは素直にうなずくと、「わかった。ありがとう」と言ってくれた。

「よし……じゃあ、やろうぜ！」

――響也とかなでと大地。結成してわずか一週間のアンサンブルチームだ。合同練習なんて数えるほどしかしていないが……それでも、できることはやったつもりだ。

（アンサンブルが重んじるのは何よりも調和《ちょうわ》。……三人の心をひとつにして、とにかく弾きる！）

学内選抜の最終曲、『チャルダッシュ』が講堂に響きだした。

作曲者はヴィットーリオ・モンティ。イタリアの作曲家で、のちにパリに移ってからも意欲的に作曲をこなしていった人物だ。その中でも『チャルダッシュ』はハンガリー語で『酒場風』という意味の曲で、彼が作ったマンドリン楽団のために書かれたものらしい。

メリハリのある曲調が、どんどん聴衆を引き込んでいく。ゆったりと悲哀《ひあい》をにじませた導入部から一転、明るく速く楽しげなリズムに切り替わる。そうして、またゆっくりと、今度はのびやかに……。

いわば、音のびっくり箱だ。次はいったい何が起こるのか？ 客席に座った生徒たちが身を乗り出すようにしてこちらに集中しているのが舞台からでもよくわかる。

（すごい……！ これが音楽の力……オレたち三人の力……！）

響也の心の奥底に、熱のかたまりのようなものが湧《わ》き出ていた。今なら、なんでもできそうな気がする。ヴァイオリンの音に、思うがままに感情を乗せて響かせられる——。

そんな響也の目に映ったのは、深い谷間と頭上に立ちこめた黒雲《こくうん》だった。音のエネルギーを蓄積《ちくせき》した雲が、今まさにその力を発散しようと待ち構えている。

（さあ、オレのヴァイオリン、ホール全体に響き渡れ！）

瞬間《しゅんかん》、鋭《するど》く落ちた音のカミナリは激情となって、さらに聴衆の心を強く揺さぶった。

ヴィオラもセカンドヴァイオリンも、響也の音を支えるように力強く鳴り響く。

（いいぞ、かなで。練習よりずっといい。これなら……！）

『チャルダッシュ』が終わった瞬間、聴衆は総立ちになった。

「ブラボー！」

「すごい！　今のがわたしたちと同じ高校生の演奏？」

「俺、感動で身体が震えちゃったよ～」

拍手に紛《まぎ》れて聞こえてくる、たくさんの感動の声。

「よっしゃ！　会心《かいしん》の出来！　サイコーだったぜ！」

舞台の上だというのも忘れて、響也は満面の笑みで叫《さけ》んでいた。楽器を持っていなかったら、その場で飛び上がってガッツポーズでもしていたところだ。

「喝采《かっさい》が止まらないね。全国への道がはっきり見えた気がするよ」

大地も満更《まんざら》でもないようにほほ笑《え》んでいる。

かなでだけが、何がなんだかわからないとでもいうようにぼうっとしていた。客席のあまりの反応に驚いてしまったのだろう。

（ま、こいつらしいや）

響也は優しくほほ笑むと、

「星奏のオケ部か……。意外と面白いもんかもな」

ぽつりとつぶやいていた。

舞台袖には、オケ部の部員たちが三人を待ち構えていた。

「驚きました。まさかここまでの演奏をするなんて。榊先輩《さかきせんぱい》は副部長として潜在《せんざい》能力を見越してあなた方を推《お》したんですね」

興奮《こうふん》冷めやらずといった調子でハルが声をかけてくる。

「自分の知見《ちけん》の狭さが恥ずかしいです。……てっきり……可愛《かわい》い女生徒だから優遇《ゆうぐう》するなんて言いだしたのかと思っていました」

「何、わかってくれたなら十分だ」

涼《すず》しい顔で大地は言ったが、響也はハルの言葉に納得のいくものも感じてしまう。かなでをあだ名で呼んだり、馴《な》れ馴れしく肩を抱いたり。思い当たる節《ふし》ならありすぎるほどだ。

苦笑いをしたあとで、響也もハルに向き直った。

「……お前もさ、なかなかやると思うぜ、一年にしては」

「『一年にしては』は余計ですが、今は褒め言葉だと受け取っておきます」

あいかわらず、かわいげのない返事をされてしまったが、根はどうやら素直らしい。

「小日向先輩にも失礼な振る舞いをしてすみませんでした。確かにあなたは、オケ部が全国に行くのに必要な人のようです。先ほどの演奏はとても素晴らしかった。まだ僕の中で響き続けているようです。本当に……心を打たれました」

その言葉が皮切りとなり、今まで黙っていた部員たちもいっせいに声をあげる。

「ええ、すごくいい演奏だったわ。聞いていて涙が出そうになったもの」

「こう、ビリビリッときたよな！」

口々に褒められて悪い気になる人間などいない。

「はっはっは、そうだろ、そうだろう。この天才の実力を思い知ったか。ま、オレたちが加われば全国なんて楽勝だぜ」

得意になった響也が叫ぶと、

「調子いいなぁ、お前は」

大地が肩をすくめてみせた。

やがて、称賛の声が一段落したところで奥から律がやって来た。

「大地、これで学内選抜の演奏はすべて終わったな。小日向、響也、みごとな演奏だった。こちらの完敗だ。お前たちの演奏は俺の予想よりもはるかに優れていた。何より……いいステージだった。ありがとう」

(兄貴が、オレたちの演奏に礼を言うなんて……)

予想外のできごとに律の顔をまじまじと見つめてしまった響也だったが、律はすぐに顔を背《そむ》けてしまう。

（もしかして、オレが演奏中に見た幻――。あれも、マエストロフィールドだったのか？　だから、一緒に同じものを見て、同じものを感じた兄貴がオレの演奏を認めてくれたのか？　……でもよ、兄貴の演奏もすごかったぜ）

数年間、ほとんど音信不通で仲の悪かった兄弟が、初めて心の中で認め合ったのだ。

「じゃあ、そろそろメンバーを決めとかないとな。地方大会まで日もないし」

大地がさらりと律に言う。

「実力はステージで示されたんだ。障害《しょうがい》なんてもう何もないだろ」

「わかったよ。……強引だな、お前は」

律は少し表情を緩《ゆる》めたあとで、厳しい部長の顔に戻って声をあげた。

「全員集合！　地方大会に出場するメンバーを発表する。アンサンブルの編成《へんせい》は弦楽四重奏《げんがくしじゅうそう》。メンバーは……」

次々と呼ばれる名前の中に、自分の名前があるのを聞きながら、響也は誇《ほこ》らしい気持ちでいっぱいになっていた。

「かなで、響也。お前たちは演奏で示した。みな異存《いぞん》はないだろう。オーケストラ部へ歓迎する」

一週間前の転校初日が遠い昔のことのように思える。途中、いろいろあったが、これで晴れてオーケストラ部の一員だ。

（なんか結局、オレまで部員になっちまったけど……。こいつがいるからいっか）

隣でほほ笑むかなでを見て、響也も我知らずほほ笑む。

それに、かなでに恨《うら》みを持っているらしい、あの謎《なぞ》の高校生のこともこのままにはしてはおけない。

（コンクールで、絶対にあいつを負かす！　そして、かなでに一方的に因縁《いんねん》つけるわけも聞き出してやる！）

相手がどれだけの実力の持ち主かはわからない。けれど、この星奏学院のオーケストラ部の皆と一緒なら、どんな高みにも上れるはずだ。

（ようし、オレはやる！）

響也たちの夏は、まだ始まったばかりだ。

学内選抜が終わった講堂の外では、響也曰《いわ》く『羽の生《は》えた子どもみたいな像』が、潮風《しおかぜ》に吹かれながら、いつもと変わらぬ笑みを浮かべていた。

〔了〕

金色のメモリー

水澤なな
Nana Mizusawa

La Corda d'Oro3
"Kin-iro no Memory"
Presented by Nana Mizusawa

星奏学院編

悲しい現実

「はー……」

如月《きさらぎ》響也《きょうや》は、これ以上は無理というほど大きなため息をついて、部室の机に突《つ》っ伏《ぷ》した。

「めずらしく悩んでいるようですが、どうかしたんですか？」

涼《すず》やかな声に振《ふ》り向くと、水嶋悠人《みずしまはると》が立っていた。

「なんだ、ハルか」

「なんだとはなんです、失敬《しっけい》な！　部室でそんな大きなため息をつかないでください、気になるじゃないですか」

「気になる？」

「そうですよ、そんなところに陣取《じんど》ってため息なんかつかれたら、響也先輩《せんぱい》の姿が嫌《いや》でも目に入ってきますよ」

すると響也は、再度、大きなため息をついた。しかし今度は机に突っ伏さずに、立ち上がって悠人に詰《つ》め寄る。

「なあ、そうだよな⁉　オレってちゃんと存在感あるよな？　あるだろ？」

ガシッと両肩《りょうかた》を摑《つか》まれた悠人は、大きな目をさらに大きく見開いた。

「は？　なに言ってるんですか、響也先輩？」

「キャラ紹介だと必ずトップだぞ？　ゲームのパッケージでも一番手前だぞ？　萌《も》えポイント倍増の幼《おさな》なじみ設定で、言葉遣《づか》いは乱暴だけどホントは誰《だれ》よりもアイツのことを思ってる優しい男だぞ？　去年の四月号のビーズログじゃ表紙を飾ってるんだぞ？　なにが悪いんだ？　オレに毒《どく》がないからか？　イメージカラーがムーンブルーで爽《さわ》やかすぎるからか？　それともメロンソーダが飲めないからか？　なんなんだ！　一体なんなんだよ、こんちくしょーっ！」

両肩をガクガクと揺《ゆ》すられる。

「ちょっ⁉　離してくださいって！　なに錯乱《さくらん》してるんですか、響也先輩！」

ハッと我《われ》に返った響也は、悠人の肩から手を離し、イスにドサッと腰《こし》を下ろした。そのまま頭を抱え込み、髪《かみ》をバリバリと掻《か》きむしる。

「本当に、一体どうしたんですか、響也先輩？」

数瞬《すうしゅん》の重い沈黙《ちんもく》のあと、響也はやっとワケを話しはじめた。

「……存在感が薄《うす》いって言われたんだよ」

「存在感？　誰にです？」

「……世間《せけん》一般に、だ」

「そんな曖昧《あいまい》な」

「バカ！　曖昧な世評《せひょう》ってのが、一番の命取りなんだよ」

響也は株式会社コーエー出版『金色のコルダ３　ガイドブック』の上巻を取り出し、その六〜七ページを開いた。

「今、どこから取り出したんですか、それ？」

すかさずナチュラルにツッコミながらも、悠人が本を覗《のぞ》き込む。

開いたページには、人物相関図が載《の》っていた。響也は、その中央あたりを指さす。

「たとえば、至誠館《しせいかん》高校。世間様いわく俠気《きょうき》あふれる熱い主従関係が萌えどころなんだそうだ」

「それって、部長の八木沢《やぎさわ》さんと、あの火積《ほづみ》さんのことですか？」

「だろうな。ま、お前のいとこの新《あらた》ってヤツのチャラさも人気らしいし、ほかに二人いるヤツ

らにもそれぞれファンがついてるそうだ。攻略《こうりゃく》キャラでもねぇくせに」

「ふうん。それは初耳です」

「で。次が、あの横浜天音《よこはまあまね》学園高校だ」

「ああ。あの冥加《みょうが》という部長のインパクトといったら、常軌《じょうき》を逸《いっ》してますからね」

「だよな？　反則《はんそく》だよな、アイツのキャラは！」

「でも、そこがまた新鮮《しんせん》なんじゃないですか？」

冷静な悠人の言葉に、響也は唇《くちびる》を噛《か》みしめる。

「そうだったのかー！　くそぅ！　オレが正統派《せいとうは》幼なじみなばっかりに……！」

「冥加みたいな幼なじみがいたら、ほかの攻略対象が小日向《こひなた》先輩に近寄れないじゃないですか」

「うるせぇ！　あの、天宮《あまみや》ってのも無表情でなに考えてんのかわかんねぇし、前髪のウザい七《な》海《み》ってのも地味そうなクセして泣き落としなんか使ってさりげなくアイツにハッパかけてくるし、ホント、ムカつく学校だぜ、天音は。アイツは星奏《せいそう》の生徒だし、オレの幼なじみなんだから、よそのヤツがちょっかい出してんじゃねーっつうの！」

「……まぁ、それは確かに。あの人は、誰とでもすぐ仲良くなるので心配ではありますよね」

「だろ？　オレが、ガキの頃からどんだけアイツに寄ってくる虫を追《お》っ払《ぱら》うのに苦労したことか……。アイツ、愛想《あいそ》振りまいてばっかで、なーんにも考えてないからな。……ったく」

「わかります。危機感《ききかん》とかゼロですよね。隙《すき》だらけというかなんというか」

「そーなんだよ。だから、あの神南《じんなん》高校の二人とかが寄ってくると気が気じゃなくてよ」

「あぁ、確かに。東金《とうがね》さんと土岐《とき》さんのタラシ度は尋常《じんじょう》じゃないですからね」

「だろ？　ま、とにかくそんなわけで、アイツの一番そばにいるオレやお前や兄貴《あにき》がまともすぎて、他校が異常に目立ってんだそうだ。オレがヘコんでた原因《げんいん》、わかったかよ？」

「……わかりましたけど、それって、僕もヘコむ内容じゃないですか。あ、でも僕は『ですます』口調《くちょう》の年下系ツンデレキャラなので、個人的にはちゃんと特徴《とくちょう》があると思います」

悠人は冷たく言い放って、ストレートに切り揃《そろ》えた髪を指先で弾《はじ》いた。

「甘いな、ハル。すぐにデレ期に入るお前にはツンデレの資格なんてないそうだぜ。それよりなにより、一番のツンデレキャラは、天音の氷渡《ひど》だという下馬評《げばひょう》が高いらしいしな」

「どこの下馬評ですか、それ！」

「だから、世間一般のだ」

「じゃあ、ヒロインのいる学校が一番特徴がないっていうことですか？」

「そういうことだ」

「……うう ぅ……」

悠人もイスにへたり込み、響也と同じように頭を抱え込む。

「どうかしたのか、二人して」

律儀《りちぎ》なノックに続いて部室に入ってきたのは、如月律《りつ》だった。

響也と悠人は、ゆっくりと顔を上げ、律を見やった。

その拍子《ひょうし》に、律の後ろにいた榊大地《さかきだいち》の姿が視界に飛び込んでくる。

「あ……！」

「榊先輩！」

二人は律の脇《わき》をすり抜けて大地に駆《か》け寄った。

「なんだなんだ？　どうかしたのか？」

急に駆け寄られた大地は、訝《いぶか》しげに二人を見下ろす。

「頼む！　星奏の名誉《めいよ》のために、もっとチャラけてくれ！」

「お願いです！　もっと破廉恥《はれんち》な存在になってください！」

それぞれに左右の手を取られ謎《なぞ》の懇願《こんがん》をされた大地は、珍《めずら》しくフリーズした。

が、すぐにいつもの余裕を取り戻し、にっこりと微笑《ほほえ》んでウインクをする。

「ん？　要はいつもどおりでいいってことかい？　だったらおやすいご用さ」

響也と悠人は顔を見合わせる。

「やり！　さすが、星奏学院イチのナンパ男！　話がわかるじゃねぇか！」

「ですね！　だてに存在自体が破廉恥なわけじゃなかったんですね！」

とてつもなく失礼極《きわ》まりない褒《ほ》め言葉だが、当の大地は二人に向かって鷹揚《おうよう》に頷《うなず》いているだけだ。

そんな三人を見て、律もまた、達観《たっかん》したような顔で繰《く》り返し頷いている。

──ツッコミ不在。

その日、星奏学院の『天然度《てんねんど》』が『1』上がった。

レッツ、榊

「いたたたた……」

「痛《いて》え～」

「手が、手がぁあああ……！」

放課後。如月律が練習のために音楽室へ赴《おもむ》くと、そこは阿鼻叫喚《あびきょうかん》の地獄《じごく》と化《か》していた。

十人ほどの男子オケ部員たちが、あちこちでへたり込み、腕《うで》や身体《からだ》の痛みを訴《うった》えている。

「どうしたんだ、一体！」

一番手前で転がっている小ノ澤来夢《おのざわらいむ》に駆け寄って抱き起こす。

「き、如月部長……！」

「どうした？　一体なにがあった！」

「あ、あのですね……練習してたんです、みんなで……」

そばで転がっていた但野元気《ただのげんき》が、なんとか自力《じりき》で起き上がりながら、声をかけてくる。

「……練習？　練習でこんなことになるのか？」

元気が力いっぱい頷く。

「はい！　あの、榊先輩の身振りをマネようということになって」

「大地の身振り？　楽器のポジショニングか？」

しかし、倒《たお》れている部員たちが、楽器を手にしている様子はない。

「あ、違うんです。榊先輩の、普段《ふだん》の動きのマネです」

「ほら、榊先輩って、手の振りが欧米人並《おうべいじんな》みにオーバーアクションじゃないですか」

「そうそう。女子に特に人気なのが、『これ見よがしに指輪を見せつつ軽く握《にぎ》った手を唇《くちびる》に当てるポーズ』と、『腕時計をした左手を首の後ろに回すポーズ』と、『うつむけた顔の前に人差し指と親指を立てた手を翳《かざ》すポーズ』なんです」

ヨロヨロと集まってきた部員たちが、口々に説明する。

「あの身振りができたら、少しはモテるようになるんじゃないかと思ったんですけど、あれ、三十秒以上続けると、手とか背中の筋肉が攣《つ》ってくるんですよー」

「そんなことはおくびにも出さずに、ポージングできないとダメなんでしょうね」

「あー、難しー。でも、モテて〜！」

部員たちの熱い語りを聞き終えた律は、コックリと頷いた。

「……ふむ、なるほど。大地のポーズか……。確かにあれを真似《まね》るには、高等技術が必要かもしれないな。特に、マエストロ・フィールドの時などには、持っているはずの弓《ゆみ》を消して手を伸ばしてくることもあるしな……。今気づいたのだが、もしや大地はマジシャンなのではないか？」

周りの部員たちから、「おお～っ！」と賛同《さんどう》の歓声《かんせい》があがる。

「……そんなワケがあるか。この、天然うつけどもが」

スクープを狙《ねら》って窓の外からカメラを向けていた支倉仁亜《はせくらにあ》が、呆《あき》れたように呟《つぶや》く。

しかし、その声はどこにも届かず、青空に紛《まぎ》れるようにすうっと消えていった。

差し入れられ王子

「あー、腹減ったー」

放課後の練習のあと如月響也が呟くと、目の前に小さな紙袋が降ってきた。妙《みょう》にかわいいリボンのついた、いかにも手作り菓子《がし》が入っていそうなシロモノだ。

「食べていいぞ、響也。俺はもう入りそうにないから」

紙袋を差し出す榊大地を見て、響也はムムッと眉《まゆ》を寄せる。

「それ、差し入れかなんかか?」

「あたり。一年女子からの料理実習のお裾《すそ》分《わ》けだよ。ほら」

見れば、大地の手には、軽く三十個ほどの袋があった。手提《てさ》げタイプから箱形まで、よりどりみどりだ。

「いらねーよ。だいたい、人がもらったもんなんか食えるか」

「そうか? 甘さ控《ひか》えめで美味《おい》しいぞ、このクッキー」

大地は袋からクッキーを摘《つま》み出して口の中に放り込み、にっこりと微笑む。

「ふん。オレは甘ったるいクッキーやケーキじゃなくて、ハンバーガーとかが食いたいんだよ」

響也がそっぽを向いて言い放つと、今度は手のひらサイズの紙包みが差し出された。

「なんだよ、それ？」

「だから、ハンバーガー」

大地の手に、こぢんまりした丸い包みがいくつも載っている。

「……なんでそんなに持ってるんだよ？」

「あぁ。二年の女子は、ハンバーガー作りの実習だったからかな」

「…………モテ自慢《じまん》か？　モテ自慢がしたいのか？」

響也は小声でブツブツと呟く。

「どうした？　いらないのか？　チーズでも照《て》り焼きでも月見でも、なんでもあるぞ？」

響也は首の筋《すじ》がおかしくなるほどに、大地から顔を逸《そ》らす。

「……今オレが本当に食いたいのはラーメンなんだよ。さすがにそれはもらってねーだろ」

勝ち誇《ほこ》ったように言った鼻先に、湯気《ゆげ》の立ったラーメンが突き出される。

「うおいっ!?　なんでこんなもんまであるんだよ！　つか、伸び切ってねぇか、その麺《めん》！」

見れば、大地の後ろのテーブルに、いくつものラーメンの丼ぶりが並んでいる。

「説明しよう！」

　メガネのブリッジを人さし指でグイッと押し上げながら割り込んできたのは、如月律だ。

「それは、午後の調理実習がラーメンだった三年女子からの差し入れだ。大地は、毎日このような差し入れを一日平均、約百個もらっている」

「ひゃくっ!?」

「ちなみにクリスマスや誕生日、バレンタインデーにはその十倍が通例だ」

「星奏の女子全員より多そうじゃねぇか、それ」

「近隣の学校の女子生徒はもちろん、遠方からの郵送もあるからな。そんなわけで、大地は年に三回トラックを手配している。モテるというのは、大変なことだな」

「ってか、ありえねぇだろ！」

「この際だ、お前も一緒に差し入れを片づけるように」

「……なんで、オレが？」

「毎日、この数だぞ？　一人で完食したら、大地が大変なことになる」

「別に、大地が肥《こ》えようが激ヤセしようが、関係ないだろ」

　律はシャキーンと音を立てて、ずれてもいないメガネをかけ直す。

「甘い！　甘いぞ、響也！　アンサンブルメンバーの中にヴァイオリンは三人もいるが、ヴィオラは一人しかいないんだぞ!?　大地が太ってヴィオラの音が変わってしまったら、どうするつもりだ！」

「気にすんのはそこかよ！」

「悪いな、響也。助かるよ。せっかく作ってくれたものを捨てるわけにもいかないからな」

大地が満面の笑みでウインクを寄越《よこ》す。

「だから、なんでオレが!?　つか、礼とか言ってんじゃねぇぞ、大地！　オレは手伝うとは言ってねぇ！　いや、だから無理だって、そんなに食えないって……もがっ……もががっ！」

その後、響也の体重については、完全なトップシークレットとなった。

至誠館高校編

THE 西遊記

あるところに、部員が五名しかいない至誠館《しせいかん》高校吹奏楽部《すいそうがくぶ》という部がありました。

「今年の文化祭では喫茶店《きっさてん》をやろうと思うんだけど、どうかな？　みんなの意見を聞かせてほしい」

部長の八木沢雪広《やぎさわゆきひろ》は、部室に集まった一、二年生にさりげなく切り出した。

「喫茶店なら去年もやったしノウハウもあるから、やるならこれかなと思って」

「……まあ、そんなとこじゃねぇすか……」

二年の火積司郎《ほづみしろう》が真っ先に賛成《さんせい》し、

「あ、あの、ボクも……いいかな、なんて……」

と同じく二年の伊織浩平《いおりこうへい》も蚊《か》の鳴《な》くような声で賛同したが、一年生の水嶋新《みずしまあらた》は不満の声をあげた。

「えーっ！　うちの部、五人しかいないじゃないですかー。だったら交代とか無理でしょ。せっかく他校の女子とかいっぱい来るのに、遊べないなんてつまんないー！　文化祭やる意味ない、オレ反対！」

「水嶋ぁ！」

いつもならここで火積が新に鉄拳制裁《てっけんせいさい》を加えるところだが、今日は勝手が違っていた。

「やかましいわ！」

普段《ふだん》なら新と一緒になって騒《さわ》ぎ出してもおかしくない副部長の狩野航《かのうわたる》が、新の頭に勢いよくチョップを入れたのだ。

「Ai《アイ》！　狩野先輩《せんぱい》、ひっど〜い！」

「お前ら、これを見ろ！」

新の苦情を無視して、狩野は持っていた書類を部員たちにつきつけた。

「……この書類……なんなんすか？」

「今年度の生徒会の、クラブ予算の割当表だよ」

八木沢は目を伏《ふ》せた。

「あっ、決まったんですね、今年の予算。どれどれ、吹奏楽部は～っと。……えっ、あれ？」

新は首を傾《かし》げた。火積と伊織が両側から書類を覗《のぞ》き込む。

「あの……、部長、狩野先輩、この数字、間違ってませんか？」

「いや、それが正しい数字だ。今年、吹奏楽部に割り当てられたクラブ予算は二万円、それで全部だよ」

「マジっすか？　……去年の二十分の一じゃねぇか、ふざけんじゃねぇ！」

そのまま生徒会室に殴《なぐ》り込みに行きそうな勢いの火積を、八木沢があわてて止める。

「今年は、正式な部活として存続《そんぞく》できただけでいい」

去年、当時の顧問《こもん》と対立して以来、吹奏楽部には実質的に顧問のいない状態が続いており、いつ同好会に格下げされてもおかしくないのだ。

「やっぱり部員の数が減ったからなのかな。去年までは部員が何十人もいたから……」

伊織がしょんぼりと肩《かた》を落とす。

「これじゃ楽譜《がくふ》も買えないし、楽器のメンテナンスもできない。外部の先生にも来てもらえないし、楽器の運搬費《うんぱんひ》も定演会場を借《か》りるお金もない……」

吹奏楽部は、これでなかなか費用のかかる部活なのだ。

「あきらめるのはまだ早いぞ！」

狩野がビシッと指をさす。

「金がないなら稼《かせ》げばいい！　なんのための文化祭だ、なんのための喫茶店だ！　もうけるチャンスがそこに転がってるじゃないか！」

「文化祭の本来の趣旨《しゅし》とは少しずれるかもしれないけれど」

八木沢も、こぶしを握《にぎ》りしめて熱弁をふるう。

「部の活動費を確保する方法がこれしかないならば、僕はこの機会に賭《か》けようと思う。みんな、頼む、力を貸してくれないか？」

「もちろんです、部長」

「俺なんかの力でよければ……いくらでも……」

「オレもいいですよ～、この際、じゃんじゃんもうけましょう～」

逆境《ぎゃっきょう》になればなるほど盛り上がるのが、至誠館気質《きしつ》である。八木沢はホッとしたように口元をほころばせた。

「それじゃ、みんな頑張《がんば》っていこう。大丈夫、心を込めて作った美味《おい》しいものを出してお客さんに喜んでもらえば、きっと道は開ける」

八木沢はごく当たり前の方針を口にしたつもりだった。だが。

「甘いな、八木沢」

狩野はそう言って、中指でメガネを押し上げた。そのレンズがなぜかキランと光る。

「今回赤字を出したら、それこそ我《わ》が部、存亡《そんぼう》の危機《きき》だ。前回の実績から割り出した売り上げ予想をもとに、材料費からなにからシビアに計算させてもらうぞ」

「イヤな感じにリアルですね～、狩野先輩」

新がブルブルッと身を震《ふる》わせる。

「最低限、お店に来る女の子ががっかりしないレベルのものは出しましょうよ～、ね？」

「平気平気、どんなに安い材料でも八木沢ならきっとうまいものを作ってくれるから」

そんな作り方があるなら、誰《だれ》だって苦労はしない。八木沢は、僕は魔法使いじゃないんだと言おうとしたが、

「ああ、そうだな……、部長ならきっとなんとかしてくれる……」

火積の絶対的な信頼の言葉を耳にして、そのまま口を閉じざるをえなかった。

狩野は腰《こし》に手を当てて無情にも言い放つ。

「あと、金だけじゃなくて人手も減ってるんだからな。そこんとこも計算に入れてくれよ、八木沢」

「……わかった。その条件で、できるだけ頑張ってみるよ。少なくとも、せっかく来てくれたお客さんをがっかりさせないように」

八木沢は大きく深呼吸《しんこきゅう》して、両方の頬《ほお》をパチッと手で叩《たた》いた。

「文化祭が近くなったら、みんなで広瀬川《ひろせがわ》の河川敷《かせんじき》にヨモギを摘《つ》みに行こう。その分、材料費が浮くから、砂糖も粉も少しいいものにできるしね」

「おお！」

部員たちの間からどよめきの声があがった。

新鮮《しんせん》な生のヨモギを使えば、きっといい香りがするに違いない。

吹奏楽部の部員たちは、学校のそばを流れている緑豊かな広瀬川に心から感謝の念を送る。

全員の『郷土愛《きょうどあい》』が『3』上がった。

コスプレ喫茶

「お前らに質問だ。喫茶店に一番必要なものは、いったいなーんだ？」

窓から差し込む夕陽《ゆうひ》で赤く染まる至誠館高校吹奏楽部の部室。副部長の狩野が夕陽をバックに、喫茶店運営の心構えについて語りはじめる。

「……うまい茶と菓子《かし》がありゃあ、十分だろ……」

「ええと、サービスも重要じゃないかな……、お店の人が気持ちよく接してくれるとボクも嬉しいし……」

「歩き疲れた人がふっと入りたくなるような店になればいいな。そういう意味で、立地《りっち》もそれなりに重要だよね」

「お前ら、みんな甘い！　甘すぎる！」

狩野は一喝《いっかつ》した。

「そんなことじゃ、おれたちの喫茶店はこの文化祭というジャングルの中で生き残れないぞ！」

いつの間に文化祭はサバイバル・フィールドになったのだろう。

「え〜っ、これだけ条件が揃《そろ》えば、結構いい喫茶店になると思うんですけど〜？」

「いい喫茶店やるだけじゃダメなんだよ。俺たちの目標はお客のたくさん来る喫茶店。わかるか、新？　お前が思わず行ってみようかって気になるのは、どんな喫茶店だ？」

「う〜ん……、今、女の子たちが話題にしてる喫茶店？」

「女の子限定かよ。ま、けど、あながち間違っちゃいない。おれたちの喫茶店に一番必要なのは話題性だ。思わず人に話したくなる、話を聞いたら行ってみたくなる、そういう喫茶店を目指さなきゃ。だから、インパクトがなによりも大事なんだよ」

熱く語り続ける狩野を、八木沢が穏《おだ》やかにさえぎる。

「だけど、狩野。インパクトといったって、一体なにをするつもりなんだい？」

「二次元にくわしくないヤツは、これだから困る」

狩野はぐっと胸を張る。

「文化祭の喫茶店といえば、コスプレだろうが」

「え〜っ、それってマニアックじゃないですか〜？」

「マニアックとはなんだ、王道だろうが。文化祭といえばコスプレ喫茶、これが定番だ！」

確信を持って語る狩野に、新以外から反対の声はあがらなかった。文化祭の喫茶店についてくわしい知識がある部員は誰もいなかったからだ。

かくして至誠館高校吹奏楽部の出店する模擬店《もぎてん》は、コスプレ喫茶に決まった。

「……コスプレっていや、仮装《かそう》のことだろ。だったら、俺に衣装の心当たりがある……」

火積が言いだした。

「へぇ、火積くん、そんなツテがあったんだ」

「……親父《おやじ》の仕事の関係で、どういうとこでステージ衣装借りられるか、だいたい見当がつくからよ……」

「わかった、それじゃ衣装は火積に任《まか》せよう」

だが、これがある意味間違いのもとだった。


「じゃーん♪　借りてきましたよ～！」

大きな段ボールを抱えて部室に駆《か》け込んできたのは、火積と伊織、新の三人だ。

「お帰り、みんな。お疲れさま。いいのがあったかい？」

「バッチリですよ～、八木沢部長、狩野先輩！　見てくださいよ、これ」

新は、耳をカバーするような大きな茶色い付け耳を掲《かか》げてみせた。

「よくやった、新。そいつはイヌ耳か、それともネコ耳……」

そう言いかけて、狩野は口をつぐんだ。

新が茶色い付け耳のほかに、なぜか頭に金冠《きんかん》を模《も》した輪っかもつけているからだ。

「ねっ、悟空《ごくう》っぽいでしょ？」

「悟空ってあのサルの孫《そん》悟空かい、『西遊記《さいゆうき》』の？」

八木沢の質問に、新は得意満面の笑顔で答える。

「こっちは部長の衣装！　三蔵法師《さんぞうほうし》っぽいでしょ！」

新は、ＴＶドラマなどでよく三蔵が被《かぶ》っている布製の頭巾《ずきん》を掲げた。

「本当だ。すごく三蔵っぽいね」

「ちょっと待て！　巫女《みこ》さんスタイルは？　メイド服は？　コスプレって……まさか、西遊記まんまかよー！」

狩野は絶望の声をあげた。

「……はあ？　そんなちゃらちゃらしたモン着れっかよ」

火積がドスのきいた低い声で言う。すっかり落ち込んでしまった狩野の肩を八木沢はぽんと叩いた。

「これで問題ないと思うよ、狩野」

八木沢はにっこり笑って言った。

「『西遊記』なら、三蔵法師チームVS悪役怪人《かいじん》で戦隊ショーができる。みんなで力を合わせて、よい子のみんなと、よい子のお母さんたちが喜ぶようなショーを作り上げよう」

「……八木沢、悪かった。お前のこと、二次元にくわしくないなんて言って。お前も十分こっち側の人間だな」

「いや、そういうフォローはあんまり嬉しくないから」

「う～ん、なんだか楽しみになってきた。よい子のお母さんたちの中にもきっと、若くてきれいな人妻が……」

そう言いかけた新の脇腹《わきばら》に、いつものようにコブシが入った。

「馬鹿《ばか》野郎！　道ならぬ恋だと？　ふざけるんじゃねぇ……」

――突っ込むところはそこだろうか？

伊織は首を傾げたが、下校時間が迫っていることを考え、空気を読んで黙《だま》っていることにした。

勧善懲悪

「ハッハッハ、待っていたぞ、悟空！」

「……牛魔王《ぎゅうまおう》。よくもお師匠《ししょう》様を……。……いくぜ、八戒《はっかい》、悟浄《ごじょう》」

「う、うん、ボク頑張るよ、悟空の兄貴《あにき》」

「戦ってお師匠様を取り返すぞ！　バトルフィールド・オン！　サゴジョウ・スパーク！」

文化祭当日。至誠館高校の吹奏楽部の運営する喫茶店では、『西遊記』を題材としたアトラクションが行われていた。

配役は、三蔵法師が八木沢。孫悟空が火積。猪《ちょ》八戒が伊織で、沙《さ》悟浄が狩野。まあ、ここまでは妥当《だとう》な配役と言えるだろう。

だが、このアトラクションで一番生き生きしているのは、四人のうちの誰でもない。

ねじれた角つきの帽子《ぼうし》を被り、魔王のマントをバッサバッサと翻《ひるがえ》し、

「フッ、フフッ、フハハハハハ……ッ！」

――と、いかにも悪役らしい高笑いをしている、吹奏楽部唯一の一年生、新だった。

「憧《あこが》れブランドの旬《しゅん》のスタンダードで決めたオレの前に立つとは片腹痛い、手加減はしねぇぜ。どこからでもかかってこいやぁ！」

大見得《おおみえ》を切った新が、どこか吹っ切れたように晴れ晴れとした顔をしているのは、気のせいだろうか。

如意棒《にょいぼう》を構えて突進してきた孫悟空役の火積をひらりとかわし、新はすかさず回し蹴《げ》りを入れる。とっさに後ろに飛び退《の》いた火積に、新は叩き込むように第二撃、第三撃を加えていく。

「さっきからチョロチョロしやがって……。ちっとは尋常《じんじょう》に勝負しねぇか」

「はあ？　なに言ってんの。ウザいんだよ、お前」

新がどこかで聞いたようなセリフを言い放つ。

「楽しそうだな、新くん……」

「これまでずっと、やられっぱなしだったもんな。だけど、どこまで演技なんだろう？」

伊織と狩野は観客に聞こえないようにヒソヒソと言葉を交わす。

「おい……、お前ら、見てないで手伝え」

悟空役の火積にハッパをかけられ、狩野があわてて参戦する。

三蔵法師の弟子《でし》たち三人を相手に、新の牛魔王は暴れまくった。暴れながらも、観客席の女性にウインクや投げキスを送ることは忘れない。

「あ、新くん、そろそろ終わって喫茶店を再開しないと……」

「なんの、まだまだ～！」

すっかりノッてしまった新を止めることは、三人がかりでも難しい。火積と伊織と狩野は、じりじりと新に押されていった。

すると、ステージの隅《すみ》でそれまで成り行きを見守っていた八木沢が、滑《すべ》るように乱闘《らんとう》の中に割って入った。

「少し落ち着こうか」

八木沢は穏やかにそう言うと、電光石火《でんこうせっか》、ひとつも無駄《むだ》のない動きで新にエルボーを食らわせた。新はなにが起こったのかわからないまま、ステージの床に崩《くず》れ落ちる。

ほかの三人がステージの上でフリーズする中で、八木沢はアトラクションの締《し》めくくりの言葉を述べた。

「よい子のみなさん、僕たちの『西遊記』、楽しんでくれましたか？　みなさんの中には、見た目がいいというだけで、美形悪役に憧《あこが》れる人がいるかもしれませんね。ですが、本当に強いのは、正義のヒーローです。みなさんも強くなりたかったら、直球《ちょっきゅう》トレンドの正解アイテム

を着こなす格好《かっこう》いい正義の味方《みかた》を目指しましょう」

八木沢はそう言って床にのびている新を肩に担《かつ》ぎ、にこやかにステージを去っていった。

おざなりに赤いデジカメのシャッターを切った支倉仁亜《はせくらにあ》は、全身の空気が抜け切るほど大きなため息をついた。

「……一体なんなんだ、この学校は？　妙《みょう》なノリがうつる前に退散するとしよう」

神南高校編

おみくじ

ある日の放課後。

定期演奏会を二週間後にひかえた神南《じんなん》高校管弦楽部《かんげんがくぶ》の部員たちが、部長の東金《とうがね》千秋《ちあき》に率《ひき》いられて地元の神社にお参《まい》りに来ていた。

練習を優先したいという部員もいたので全員で来たわけではないが、それでも五十名近くいるだろう。決して狭《せま》くない境内《けいだい》が、少し混み合った印象になる。

「部長が神頼みとは驚《おどろ》きました」

芹沢睦《せりざわむつみ》の独《ひと》り言《ごと》めいた言葉は、暗に『どうしてですか？』と聞いている。東金は笑った。

「神頼みが必要なのは俺じゃねぇよ」

「せや、千秋には神頼みはいらへんな」

東金のそばにいた土岐蓬生《ときほうせい》は、そう言って社務所《しゃむしょ》のほうに目をやった。

「けど、部員の中には、あがり症《しょう》の子もおるやろ？　そういう子も安心して演奏できるようにすんのは、部長の仕事かもしれへんな」

社務所の前では、女子部員たちが歓声《かんせい》をあげながらかわいらしいお守りを選んでいる。

「神頼みで安心して演奏できるっていうんなら、いくら神社に参ったっていい。人事を尽《つ》くして天命《てんめい》を待つっていうのは、そういうことだろ」

東金は、勢いよく柏手《かしわで》を打ってご祭神《さいじん》に頭を下げた。

「部長も、おみくじ引きませんか？」

部員の一人が声をかけてきた。手にはおみくじの筒《つつ》を持っている。神社にあるものは大抵、多くの人が触れたためにくたびれた感じのものが多いが、この筒もちょうどそんな感じだった。

「おみくじか、そいつはいいいな」

東金は明るく応じた。

「じゃあ、蓬生。お前、先に引いてみろ」

「はいはい」

逆らうのも面倒なので、土岐は東金の言うとおりに筒を振《ふ》ると、細い棒が零《こぼ》れ出た。

「何番だ？」

目をキラキラさせて東金が聞いてくる。

「んー？　二十八やて」

棒に記された番号を読み上げると、社務所の巫女《みこ》さんがたんすから二十八番の用紙を取り出す。受け取った用紙には、『凶《きょう》』の文字が大書されていた。

「…………」

細かな『仕事』や『失せもの《う》』などの項目は、読む気も起こらない。

「なんだ、また凶引いたのか。……っていうか、お前、凶以外引いたことあんのか？　それだけ立て続けに凶を引くなんてすごい確率だぜ、いいもんを見た」

覗《のぞ》き込んできた東金が、感心したように言う。

土岐は思わず苦笑した。

「芹沢、お前も引いてみろ」

「俺ですか？　承知《しょうち》しました。では失礼して……」

促《うなが》された芹沢が、筒を振る。引いたのは『吉』だった。

「なんだよ、ソツのねぇもん引きやがって」

「それより千秋。人にばっかり引かせとらんと、自分も引いてみたらどうなん？」

土岐に言われて、東金はニヤッと笑った。

「ああ、いいぜ。だが、おみくじはおみくじでも、俺の引くのは特別製だ」

真新しくて御利益《ごりやく》のありそうなやつをと東金が頼むと、巫女さんは心得たように新品同様、傷ひとつ見当たらないきれいな筒を奥から出して東金に渡した。東金は大きく息を吸って、部員たちに声をかける。

「それじゃ、お前ら。今度の定演がうまくいくかどうか占《うらな》うために、これから俺がおみくじを引くぜ！」

東金の声に応じて、部員たちがわらわらと集まりだす。

「部長、大吉を引いてくださいよ！」

「当然だ、天下の東金千秋様が引いたら、大吉に決まってんだろうが。見てろよ？」

そう言うなり、東金は楽器でも奏《かな》でるように筒をシェイクした。

するりと滑《すべ》り出た棒の番号は一番。もちろん、吉凶は――。

「『大吉』です」

芹沢が差し出された紙片を読み上げる。

東金は、これ以上ないほど得意げな顔でそれを受け取った。

「この俺が大吉以外を引くわけねぇだろうが」

部員たちが、わあっと歓声をあげる。

土岐は東金の顔に目を走らせた。東金はいかにも屈託《くったく》なく笑っている。彼がどんな時にこういう顔をするか、幼なじみの土岐はよく知っていた。


その日の夕方。部員が帰ってしまった管弦楽部の部室の奥にあるソファーでは、東金と土岐が芹沢の入れた紅茶を飲みながらくつろいでいた。

「で、俺に話ってなんだ？」

東金が切り出した。

「ズルはあかんて、千秋」

「ズル？　なんのことだ？」

「あのおみくじの筒、全部大吉が入ってたんやろ？」

「どうしてわかったんだ？」

「千秋があんなふうに笑うの、イタズラがうまくいった時に決まっとう」

「あれは、行く前にちゃんと神社と話をつけといたんだ」

東金は悪びれずに答えた。

「おみくじは神意《しんい》を占うもんやのに、横着《おうちゃく》しよるわ」

土岐が小さく息をつくと、

「横着？　いや、神意を占うっていうんなら、これで合ってるぜ」

東金は満面の笑みを浮かべて胸を張った。

「俺たちは定演に向けて、ひとつひとつ不安な要素を潰《つぶ》してきた。条件が揃《そろ》ってんだ、百パーセント成功しかありえねぇ。だったら、百パーセント大吉が出るおみくじで占って当然だろ」

土岐はしばらく呆《あき》れたような顔をしていたが、やがてクスクスと笑いだした。

「千秋はつくづく千秋やねえ、やっぱ退屈《たいくつ》せんわ」

東金は訝《いぶか》しげな顔で、小刻《こきざ》みに肩《かた》を震《ふる》わせる土岐を見つめる。

「……よければ、もう一杯お茶を入れましょうか？」

絶妙なタイミングで声をかけた芹沢に、土岐は笑って頷《うなず》いた。

「さすが芹沢、ようわかっとうね。それじゃもう一杯いただくわ」

「ありがとうございます」

「俺も、もう一杯」

「かしこまりました」

再び、穏《おだ》やかな時間が流れはじめた。

プロフェッショナル

神南高校・管弦楽部の部室に、やわらかなヴァイオリンの音色《ねいろ》が響《ひび》き渡る。

奏でているのは土岐蓬生。その長くしなやかな指先が閃《ひらめ》くたびに、得《え》も言われぬ艶《あで》やかな音色があたりを華《はな》やがせる。

その周りでは、うっとりとした表情の女子部員たちが彼のお手本演奏に耳を傾《かたむ》けている。

「副部長。動かないでいただけますか？」

突然のストップコールに、土岐蓬生はヴァイオリンを手にしたまま、すべての動きを止めた。

すっと近寄ってきたのは芹沢睦だ。その手には、コームと各種整髪料《せいはつりょう》が握《にぎ》られている。

「じっとしていてください」

「ええよ」

「では、失礼して……」

土岐の背後を取った芹沢は、千手観音《せんじゅかんのん》のような残像を描きながら土岐の髪《かみ》にスタイリングを施《ほどこ》した。女子部員たちは、特に驚いたふうもなく、その光景を傍観《ぼうかん》している。

わずか数十秒ののち、土岐の髪に光のシャワーが降り注《そそ》いだ。

「ええ仕上がりやわ、さすがやね」

芹沢が会釈《えしゃく》をしてスッと下がると同時に、土岐の演奏が再開される。

より艶やかになった音色と土岐自身に、女子たちの口から感嘆《かんたん》の息が漏《も》れた。

「今のはなんなのか、説明してくれないか？」

部屋の隅《すみ》に戻った芹沢に声をかけてきたのは、取材のために公式来校している星奏《せいそう》学院の支《はせ》
倉仁亜《くらにあ》——ニアと呼ばれている少女だ。

「なんでしょう？」

「今の黒子《くろこ》のような動きは、一体なんだ？」

芹沢は素早くヘアスタイリングセットを定位置に戻し、ニアに向き直る。

「今のですか？　副部長の髪の乱《みだ》れを直しただけですが、それがなにか？」

スティック状の録音機器を芹沢に向けていたニアの手が、一瞬硬直《いっしゅんこうちょく》した。

「髪の乱れなど、特になかった気がするんだが？」

芹沢は、信じられないとでも言いたげに首を横に振った。

「ありましたよ。肩に落ちかかる髪が、三筋になっていたんです」

「なんだって？」

　録音機器を持つニアの手が、次第《しだい》に重力に従いはじめる。

「朝のスタイリング剤《ざい》のつけ方が甘かったのか、三筋になってしまっていたので、二筋に戻したというわけです」

「……はい？」

「ですから。副部長の肩にかかる髪のうねりは、常に二筋になるよう決まっています。なので、もしも乱れが生じた場合には、即座に俺が修正する手筈《てはず》になっているんです」

「…………そうなのか」

　ニアの手は、今やすっかりだらりと地面を向いてしまっている。

「ええ。常に二筋になるよう、微妙《びみよう》かつ繊細《せんさい》な配慮《はいりよ》が必要とされているんです」

「…………ほう。それは大変だな」

「そうですね。マエストロ・フィールド時などは、風で乱れて特に大変ですね。まあ、マエストロ・フィールドの時は、髪の乱れよりも乱れ飛ばした白バラの後始末《あとしまつ》の方が大変ですけどね。でもまあ、副部長の白バラは、部長の赤バラに比べれば量が少ない分、楽ですが」

「………………なるほど。それはご苦労なことだな」

いいニュース種を捜《さが》すための苦労はいとわないニアだが、その日だけは、それ以降の取材を続ける気力が湧《わ》かなかったそうだ。

ゴージャス都市伝説

◆15：05
神戸《こうべ》にある五つ星ホテル、コンツィネンタル・ラグジュアリー。その最上階にあるレストランのVIP席には、ソファーにふんぞり返る東金千秋と、脇《わき》に控《ひか》える芹沢睦の姿があった。

誰《だれ》もいない広大なホールを突っ切って悠々《ゆうゆう》と歩み寄ってきたのは、土岐蓬生だ。

「遅いぞ、蓬生」

「急に呼び出しといて、なんやそれ」

「まあいい、行くぞ」

「俺、まだお茶してへんよ？」

「遅いのが悪い」

「いけずやね、千秋は」

――ホテル内レストランでのティータイム。締《し》めて、￥15,000-。

◆16：00

「じゃあ、いくぜ！　最後までついてこいよ！」

ライブは、東金のかけ声ではじまった。

強烈《きようれつ》なエレキヴァイオリンがあたりの空気を震わせると、嬌声《きようせい》が一際《ひときわ》高くそれに応《こた》える。

すぐに土岐のヴァイオリンが、続いて芹沢のキーボードがそれぞれ彩《いろど》りを重ねていく。

夕暮れの公園は、一瞬にしてきらびやかな野外ステージへと変貌《へんぼう》した。

小一時間後。

割れんばかりの拍手喝采《はくしゆかつさい》を浴《あ》び、ライブは幕を閉じた。

待機《たいき》していたバンに楽器やアンプを預《あず》けた東金たちは、別に待機させていたリムジンに乗り込み、その場を走り去った。

――車二台と運転手二名、専門のポーター四名のチャーター料。締めて、￥178,960-。

◆17：30

「ようこそ、東金様。いかがです、今回のブレザーは？」

「なかなか気に入った、ここの店に頼むと、外《はず》れってもんがないよな」

「高校を卒業されたら、いよいよスーツのお仕立てですね」

「ああ、その時は頼むぜ」

――行きつけの老舗《しにせ》紳士《しんし》服店で仕立てたブレザー二着。締めて、￥780,600-。

◆19：15

窓の外は色とりどりのイルミネーションの海。

そんな景色の中、貸し切りの海上レストランは滑るように水面を移動する。

「この霜降《しもふ》りはなかなかいい。まったりした中にも、どこか目の覚めるような歯ごたえが刺激《しげき》的だ。付け合わせも主役を引き立てるかのようにさっぱりしていて、俺好みだ。まるで味の全国大会……いや、ワールドカップだな。支配人《しはいにん》、シェフを呼べ。礼が言いたい」

「かしこまりました、東金様」

――豪華客船《ごうかきゃくせん》の貸し切り料金と、三名分のディナー代金。締めて、￥2,507,500-。

◆20：00

「あー、食った食った。じゃあ、帰ろうぜ。……おいおい、雨かよ？」

乗組員とシェフ一同に見送られながら船を降りた東金は、空を睨《にら》む。

「……部長は今日、子羊革《こひつじがわ》のソールでしたね」

滑りやすい子羊革を使った高級靴《ぐつ》は、雨の日には向かない。

「車、帰してしもたし、タクシーでも拾おか」

「いや。——芹沢、用意は？」

心得たように頷いた芹沢は、おもむろに西の空を指し示した。

「手配済みです」

見れば、遠くから点滅《てんめつ》する赤い光を放つ物体が近づいてきている。

「なかなか気がきくじゃねぇか」

「痛み入ります」

——ヘリコプターチャーター料金。締めて、¥970,000-。

◆24：00

——その日の合計金額。

——締めて、¥4,452,060-。

「……あの、話がだんだん都市伝説レベルになってきてるんだけど？」

小日向《こひなた》かなでは、遠慮《えんりょ》がちに言葉を挟《はさ》んだ。

「いや、でもさ、神南高校の管弦楽部って、そんなとこだって聞いたよ？　少なくともうちのオケ部ではそういう話になってる！」

身振り手振りを交《まじ》えて熱く語るのは、かなでと同じ星奏学院オーケストラ部のメンバー、村《むら》上夏希《かみなつき》だ。

「で、本当のとこ、どうなのよ？　やっぱり噂《うわさ》と同じぐらいゴージャス？」

聞かれたかなでは、うーん、と小首《こくび》を傾《かし》げて考えた。

「そうだねぇ、どうなんだろ？　でも、東金さんと土岐さん、この間、タコ焼きの屋台《やたい》の前で『タコもほとんど入ってへんのに、これで五百円って値段つけとんの、いくらなんでもボッタクリやで！』って大騒《おおさわ》ぎしてたよ」

値段に見合ったものでなければ、どんな時も妥協《だきょう》しない。それが神南クオリティである。

天音学園高校編

贈り物

音楽のスペシャリストを純粋培養《じゅんすいばいよう》する有名新設《しんせつ》校、天音《あまね》学園高校。

校舎《こうしゃ》としては斬新《ざんしん》な天高《てんたか》くそびえるビルの中に、この学園を支配する冥加玲士《みょうがれいじ》の執務室《しつむしつ》がある。

初めに冥加の執務室の異変に気づいたのは、二年の氷渡《ひど》貴史《たかふみ》だった。

「失礼します、冥加部長……」

うやうやしくお辞儀《じぎ》をした氷渡は、顔を上げたとたん固まった。

デスク脇《わき》のサイドテーブルの上に、赤い素焼《すや》きの人形が六体、ズラリと並んでいたからだ。

それは、どう見ても――。

「部長は、ハニワに興味《きょうみ》がおありだったんですか？」

「……なに？」

冥加は、デスクの上の書類から顔を上げた。

「いえ、ですからそこにある人形……、ハニワですよね？」

「貴様《きさま》には、これがハニワに見えるのか？」

冥加は、心外だというように眉《まゆ》をひそめた。

「ハニワじゃ……なかったんですか……？　じゃあ、土偶《どぐう》……とか？」

氷渡はフォローのつもりで言ったのだが、冥加の眉間《みけん》のしわはさらに深くなった。

「すいません、俺、用事思い出しました！」

氷渡は弾《はじ》かれたように走って執務室を出ていった。氷渡が執務室から出ていくのを見届けると、冥加は席を立ってサイドボードの前に立った。

「……フン！」

冥加は、腹立たしそうに素焼きの人形を片づけはじめた。

次に冥加の執務室に入ってきたのは、三年の天宮静《あまみやせい》だった。

「やあ、冥加、いるかい？　いなくてもお邪魔《じゃま》するよ」

「俺は在室《ざいしつ》している」

「そう、それはよかった」

天宮は悪びれもせず、冥加の執務室につかつかと入ってきた。

「ねえ、冥加。サイドボードの上に並んでる邪神像《じゃしんぞう》、あれは一体なんだい？」

「邪神像だと？」

「あれが邪神像じゃないなら、一体なんなのさ？」

「人形だ」

冥加は極《きわ》めて不機嫌《ふきげん》な顔つきになりながらも、冷静に答えた。

「俺は最近、週末に陶芸《とうげい》教室に通っている。これらの人形はそこで作った作品だ」

「陶芸教室？　音楽となにか関係があるのかい？」

「いや、音楽とは関係ない。だが、俺のプライドには大いに関係がある」

「ふうん、まあいいんじゃない、冥加が作りたいならそれで」

天宮は、まったく気のない相づちを打った。

「それで、用件はなんだ？」

「さあ、なんだっけ。邪神像を見たら衝撃《しょうげき》のあまり忘れてしまったよ」

「だったら、さっさと帰れ！」

天宮を執務室から追い出したあと、冥加は黙々《もくもく》と邪神像——もとい、人形を再び片づけはじめた。

「くっ、この程度の困難《こんなん》に負けてなるものか……。この戦いに勝利するまでは、俺は決してあきらめない。見ているがいい、小日向《こひなた》……！」


最後に冥加の執務室を訪れたのは、一年の七海宗介《ななみそうすけ》だった。

七海の後ろには、許可《きょか》を取り天音学園高校に取材に来ていたニアこと支倉仁亜《はせくらにあ》の姿もある。

「なんだ、ずいぶんファンシーな人形が並んでいるじゃないか」

ニヤニヤと笑いながら写真を撮《と》ろうとするニアに、冥加が待ったをかける。

「勝手に写真を撮るな。……それより、お前にはこれが人形に見えるのか？」

「どう見ても人形じゃないか」

ニアは腰《こし》に手を当てて自信たっぷりに答えた。

「オレにもそう見えます、どう見ても人形です」

七海も口を揃《そろ》える。

「そうか」

冥加は、なぜか口元をほころばせる。

「どうやら、陶芸教室に通い続けた成果が出たようだ。やはり、練習だけが不可能を可能にする。俺の選んだ道に間違いはなかった。……七海」

冥加は、七海に向かってビシッと指をつきつける。

「天音学園のアンサンブルメンバーの一員であるお前にも、当然ある程度の芸術的センスがあるはずだ。そこでお前に問う。この中で一番いいと思う人形はどれだ？」

「えっ？　あっ、はい」

七海は突然《とつぜん》の質問に驚《おどろ》いたが、すぐに気を取り直して答えた。

「オレは、この人形がいいと思います」

「この人形か」

「小さいけど細かいところまでよくできてて、それに、どこか小日向さんに似てますから」

七海は、目をキラキラさせて答える。冥加は渋面《じゅうめん》を作った。

「小日向に似ているだと？　……くだらんな」

「なんだ、図星《ずぼし》を指されて動揺《どうよう》したか？」

冥加はニアを睨《にら》みつけた。

「……なにも追い出すことはなかろう、心の狭《せま》い男だな」

執務室を追いやられたニアは、小さくかぶりを振《ふ》って取材の続きに取りかかることにした。

誰《だれ》もいなくなったことを確かめると、冥加は、おもむろに引き出しから厚手《あつで》の上質な便せんを取り出し、万年筆《まんねんひつ》でさらさらと彼の終生《しゅうせい》のライバルに宛《あ》てて手紙を書きはじめた。

『先日、神戸《こうべ》に行った折、星奏《せいそう》学院、至誠館《しせいかん》、神南《じんなん》の三校の部長が陶芸教室に行き、それぞれ茶碗《ちゃわん》、箸置《はしお》き、妙《みょう》なオブジェを作って貴様に贈《おく》ったと聞いた。音楽に直接関係がないこととはいえ、他校に後れをとるのは不愉快《ふゆかい》だ。そこで、俺も焼き物を作り貴様に送りつけることに決めた。気に入らなければ割ってもかまわない』

——土に還《かえ》る、地球環境に優しい素材でできているからな。

冥加は心の中でそう呟《つぶや》いた。無論《むろん》、そういう余計なことは書かない。

♪　♪　♪

「冥加から送られてきたというのは、この人形か」

ニアは、寮《りょう》の小日向かなでの部屋で、届けられた焼き物の人形をしげしげと眺《なが》めていた。

片方の手に載《の》る程度の小さな焼き物の人形だった。

目鼻立ちのはっきりした愛嬌《あいきょう》のある顔の人形で、リボンのついた白いドレスらしきものを着ている。オーガンジーの生地《きじ》を切ってショールがわりに巻いてあるなど、素人《しろうと》が作ったにしてはなかなかよくできている。

天音学園の取材に行った時、七海が選んだ人形に違いなかった。

「冥加さんってすごく器用なんだね、こんなお人形をササッと作っちゃうなんて」

かなでは、すっかり感心してしきりに感嘆《かんたん》の声をあげている。ニアは含《ふく》み笑いをして頷《うなず》いた。

「そうだな。まあ、気に入ったなら礼状のひとつでも書いてやれ」

——血のにじむような努力を重ねて人形を作ったとは、あの男も知られたくなかろうよ。

ニアは小さくひとりごちた。

恋の契約

「天宮さん。今日は、午後から合同練習ですね！　全員で合わせるのって久しぶりだから、オレ、すごく楽しみなんです！」

七海宗介は、天音学園のエントランスで見かけた天宮静に元気よくあいさつする。

「そう、でも僕は今日は出ないよ」

七海の勢いをかわすように、天宮はさらっと答えた。

「ええっ、どうしてですか？　全員揃わなきゃ合同練習の意味ないですよ」

「あいにくだけど、今日は僕の音楽のためにもっと有意義《ゆうい ぎ》な活動をすることにしたんだ」

「そんな……」

七海は、助けを求めるようにあたりを見渡した。そこへちょうど、制服の裾《すそ》を翻《ひるがえ》し、冥加玲士が登場する。七海は、冥加のもとへ飛んでいった。

「冥加部長……!!」

今にも訴《うった》えはじめようとする七海を右手で制し、冥加は黙《だま》って天宮に近づいた。

冥加に目の前に立たれた天宮は、さも大儀《たいぎ》そうに言う。

「冥加、通れないからそこをどいて」

「どこへ行くつもりだ？」

「実験をしにいくんだ」

「……実験？」

天宮は、落ちかかった前髪《まえがみ》を細い指先で払《はら》いながら答える。

「音楽をね、教えているんだ」

つきあいの長い冥加は、天宮の口調がどことなく楽しげなのに気づいた。

訝《いぶか》しげに眉を寄せて問いただす。

「お前ほど、人にものを教えるのに不向きな人間はいないと思うが」

「僕も教わってるんだ」

天宮は、クスリと笑みを零《こぼ》した。

「音楽を教える代償《だいしょう》に〝恋〟をね」

「こここ、恋っ!?」

そばでことの成り行きを見守っていた七海が、驚きのあまり叫《さけ》び声をあげる。

「やかましい、校内で大声をあげるな。……天宮、どういう意味だ？」

「言葉のとおりさ。『君に音楽を教える。代わりに君は僕に〝恋〟というものを教えてよ』って」

「そんなの、おかしいですよ!! こ、恋なんて教わるようなものじゃないでしょう!?」

「七海……いちいち叫ぶな。鼓膜《こまく》が痛くなる。だいたい、天宮がおかしいのは今にはじまったことではない」

「おかしいかな？　でもこれは彼女も承諾《しょうだく》済みのことなんだ。といっても、まだ一緒にコンサートに行ったり、山下公園《やましたこうえん》の夜景を眺めたり、キスしようとしたりしたくらいだけど」

ふふっと愉《たの》しげな笑みを漏《も》らす天宮を見て、七海は仰天《ぎょうてん》した。

「あ、天宮さん……っ！　そっ、それはまさか、巷《ちまた》でいう、え……ええええ、援助交際というものでは!?」

七海の顔はやけに赤く、エントランスホール中に響《ひび》くような大きな声だ。うんざりした様子の冥加はもはや『静かにしろ』と言う気も失《う》せたようだ。

「ずいぶんと下世話《げせわ》な言葉を使うね。でも確かに、そう言われたらそうかもしれないな。まあ、お金はもらってないけど」

「お前のプライベートにまで口を出す気はないが、悪趣味な遊びだな。問題を起こすなよ」

呆《あき》れて立ち去る冥加の背に、さらに追求を続ける七海の声が届いた。

「あ……相手は一体誰なんですか⁉　高校生なんですか？」

「ああ、君も知ってるんじゃないかな。小日向かなでさんだよ。星奏学院の」

「こひなた……」

「小日向……かなで…………だとぉぉおおおおお！！！！！！」

その時、七海の声をかき消す咆哮《ほうこう》がこだました。

「ぶ、部長？」

「天宮、今、なんと言った⁉」

目を血走らせた冥加が、天宮に詰《つ》め寄って仁王立《におうだ》ちする。

「小日向かなでと言ったか⁉　今、確かに小日向と言ったな⁉」

「部長、あの、落ち着いてください！」

七海はあわてて冥加を押しとどめようとするが、体格の差は歴然《れきぜん》としている。

「プライベートには口出ししないんじゃなかったのかい？」

「黙れ、天宮‼　どういうことだ！　恋の実験などといういかがわしい振る舞いの相手が、あの小日向だとでも言うつもりか⁉」

襟首《えりくび》を摑《つか》まれ揺《ゆ》さぶられながらも、天宮は涼《すず》しい顔でさらに火に油を注《そそ》ぐ。

「そうだよ。小日向さんとデートして、花束をプレゼントして、いつも彼女の手作りのお弁当を昼ごはんに食べてる」

「ぐっ、ぐごあぁぁあぁぁああっ‼」

天井《てんじょう》のライトが、冥加の声でひび割れた……ようにも見える。

「部長、だ、大丈夫ですか？」

「フ……フフフ……七海、これしきのことでこの俺が乱心《らんしん》するとでも思ったか。俺は十分落ち着いている」

息を乱《みだ》す冥加を気にもとめずに、天宮はとどめの一撃《いちげき》を口にした。

「ああ、そうだ。次はまた僕の家にでも遊びに来てもらおうかな、二人きりになれるしね」

「天宮ぁあああああっ！！！！！！」

その日、天音学園の玄関ホールには、冥加の雄叫《おたけ》びで粉々になった窓ガラスやライトの破片《はへん》がキラキラと降り注いだ。

♪　♪　♪

「……なんてことがあるから、横浜《よこはま》天音学園は全館完全防音《ぼうおん》で強化ガラスだと聞いたが、本当か？」

からかうような笑みを浮かべながら聞くニアに、困惑《こんわく》した様子でかなでは答える。

「なに言ってるの。そんなこと知らないよ～。でも、そんなデマを新聞に載《の》せちゃダメだよ」

「ふむ、どうしてデマだと言い切れるんだ？」

「声でガラスが割れるわけないし、第一、冥加さんがそんなことで叫ぶわけないでしょ？　あっ、いけない、お鍋《なべ》が吹きこぼれちゃう！」

台所へ駆《か》け戻るかなでの背後で、ニアは呟いた。

「……………なるほど、確かに冥加玲士の宿敵《しゆくてき》は、強敵だ」

冥加様崇拝日記

簡単な清掃《せいそう》を終えて部室を出ようとした七海宗介は、楽譜棚《がくふだな》の脇になにかあるのに気づいた。

手に取ってみると、それは生徒手帳《てちょう》だった。

「誰のだろう？」

表紙をめくれば持ち主の写真と名前が記載《きさい》されているはずなのだが、そのページはカバーの中に差し込まれてしまっていて、カバーを外《はず》さなければ確認できない。

何げなくパラパラとめくってみると、後方のメモスペースにぎっしりと書き込みがしてあるのに気づいた。

ふと見知った名前が目に留《と》まり、ページをめくる手が止まる。

「ん？　冥加……『様』……？？？」

◆某《ぼう》月六日（月）晴れ
早朝練習で冥加様に拝謁《はいえつ》。『ご苦労』との言葉を賜《たまわ》る。
早起きは三文《さんもん》の得というのは真実だ。

◆某月七日（火）曇《くも》り
放課後。冥加様のお供で、元町通《もとまちどお》りへ。
当たり前のように同行する天宮さんがいけすかない。

◆某月八日（水）雷雨《らいう》
山下公園から戻って以来、冥加様のお顔の色が優《すぐ》れない。
あの星奏の小娘のせいに違いない……！

◆某月九日（木）晴れ
冥加様のお供で、行きつけの美容室へ。
左サイドの髪を二ミリ切り揃えた冥加様は完璧《かんぺき》だ。

◆某月十日（金）ゲリラ豪雨《ごうう》
こざかしい七海のヤツが、天下の冥加様と練習を……。
あの身の程知らずの小僧《こぞう》……！

◆某月十一日（土）曇りときどき霧雨《きりさめ》
冥加様に会えない土日はムカつく。もちろん祝日もだ。
学生には休みなど必要ない！

◆某月十二日（日）曇りのち星空
冥加様が足りない。もう限界だ。
今宵《こよい》は冥加様の演奏テープを拝聴《はいちょう》して寝よう。

「……これってまさか、氷渡先輩の手帳⁉　なんかオレ、とばっちりで恨《うら》まれてるし！」
遠い目で彼方《かなた》を見据《みす》えている七海の肩越《かたご》しに、天宮静がひょいと手帳を覗《のぞ》き込んだ。

「ふうん、氷渡は真面目《まじめ》だね」

「うわっ、天宮さん！」

七海は針《はり》でつつかれたように飛び上がる。

「君もちゃんと手帳をつけてるだろうね、七海？」

「……なんのことですか？」

「天音学園の生徒なのに、まさか知らないなんて言わないだろうね？」

天宮は、驚いたように目を瞠《みは》る。

「この学園では自分の崇拝《すうはい》する人物の行動を記録して、それに倣《なら》うことで自らを向上《こうじょう》させることになっているんだ。学校説明会で聞かなかった？」

「聞いてません、そんな話！」

七海は勢いよく、ブルブルと首を横に振った。

「よく思い出してごらん。身近に例があるだろう？」

天宮は、彼にしては辛抱《しんぼう》強く言葉を続ける。

「御影《みかげ》さんはアレクセイ先生の踏《ふ》んだあとの土を拝《おが》まんばかりだし、冥加は冥加で七年間、ひたすら小日向さんのことを思い続けているじゃないか。つまりそういうことだよ」

「そ、そう言えば、確かに……」

七海の脳裏《のうり》に、御影と冥加のいつもの姿が思い浮かんだ。確かに、天宮の言葉どおりだ。

――入学してからもう五ヵ月も経《た》つのに、まったく気がつかなかったとは……！

雷《かみなり》に打たれたように七海の心に衝撃が走った。

「オレは……オレは天音の一員なのに、全然わかってなかったんですね。自分の音楽を高めるための努力を怠《おこた》って、おまけにちゃんと記録をつけてた氷渡先輩のこと……ちょっと……これはやりすぎなんじゃないかなんて非難めいたこと考えたりして……。オレ、自分が恥《は》ずかしいです。これからはオレも氷渡先輩を見習って、冥加部長の日々の記録をつけることにします！」

七海は目をキラキラさせて宣言《せんげん》した。

「そう、頑張って。それじゃ」

「はい、ありがとうございます！」

七海のいなくなった部室で、天宮は不思議そうに首を傾《かし》げた。

「……うちに入るチェロは、本当に素直だなあ。氷渡も七海も、どうして僕の冗談《じょうだん》を疑問に思わないんだろう」

そうして、ちらりと氷渡の手帳に目をやったが、すぐに興味《きょうみ》を失ったようだ。

「まぁ、いいか。どうでも」

こうして、天音学園の伝説は作られていく。

菩提樹寮編

制服交換

夏の大会からしばらく経《た》ったある日の夕方。

星奏《せいそう》学院の菩提樹寮《リンデンホール》の食堂には、やけに豪華《ごうか》な顔ぶれが並んでいた。

中央には、同学院の如月律《きさらぎりつ》・響也《きょうや》兄弟。それから榊大地《さかきだいち》、水嶋悠人《みずしまはると》の四人。

その右脇《わき》には至誠館《しせいかん》高校の八木沢雪広《やぎさわゆきひろ》、火積司郎《ほづみしろう》、水嶋新《あらた》の三人。

左脇の神南《じんなん》高校からは、東金千秋《とうがねちあき》、土岐蓬生《ときほうせい》の二人。

入口に近い場所には天音《あまね》学園高校のメンバー。冥加玲士《みょうがれいじ》、天宮静《あまみやせい》、七海宗介《ななみそうすけ》の三人だ。

総勢《そうぜい》十二名もの男子生徒がそれぞれの学校の制服を着て集《つど》っているのは、かなり圧巻《あっかん》な光景だ。

そんな中、至誠館の水嶋新が、星奏学院の水嶋悠人に声をかけた。ちなみにこの二人、いとこ同士である。

「ねぇねぇハルちゃん、かなでちゃんはまだなの～？　オレ退屈《たいくつ》～。なんかして遊ぼうよ？」

「まったくお前は、少しぐらいジッとしてられないのか。だいたい遊ぶといったって、一体なにをして遊ぶつもりだ」

「せっかくこれだけいろんな学校が集まってるんだからさ～、オレ、よその学校の制服、着てみたい」

「……お前、なにを言っているんだ？」

「だって、神南の制服とかすごくユニークなデザインでしょ。着たら、オレ、きっと似合うと思うんだよね～。あれを着たらオレも、バラを飛ばすマエストロフィールド打てちゃったりして」

「馬鹿馬鹿《ばか》しい」

「おもしろい！」

突然、部屋の向こうから声があがった。神南の部長の東金だ。

「なるほど、形から入るというのもひとつの考え方だ。試《ため》す価値はありそうだな。普段《ふだん》と違う自分を発見することで、新たな可能性が開けるかもしれん」

東金はイスを蹴《け》って立ち上がり、今年、ヴァイオリンソロ部門で全国優勝を競った好敵手《ライバル》、冥加の前につかつかと歩いていった。

「おい、冥王。お前の制服を寄越《よこ》せ」

「いきなりなにを言い出すんだ、千秋……」

東金の幼なじみである八木沢が、あわてて止めに入るが――。

「それから、天音のピアノの――天宮。お前も、制服をユキに貸せ」

「千秋っ！　いい加減にしないと……」

「僕はかまわないよ」

天宮はにっこりと笑った。

「だけど、どうせなら全員の制服を交換したほうが効果的じゃないかな。――ねえ、冥加。君もそう思うよね？」

その場にいたほとんどの人間の予想を裏切って、冥加はいかにも面倒そうな口調でこう言った。

「くだらん。意味がわからんな。……だが、まあいい。好きにしろ」

そしてカオスが始まった。

♪　♪　♪

そこには、彼女の想像を絶する集団がいた。

なにも知らず、食事をとるために食堂にやってきたかなでは目をしばたたかせる。

混沌《こんとん》とした空気のなか現れたのは、部屋着姿の小日向《こひなた》かなでだ。

「……えっと。一体なにが……？」


一人目は、東金の制服を着た響也。自分では結構サマになっていると思っているようで、かなでに向かってビシッとVサインを送ってくる。

二人目は、七海の制服を着た律。一見してかなり痛々しい姿だが、音楽以外のほとんどのものに無頓着《むとんちゃく》な彼は、自分の今の姿も特に気にならないらしい。

三人目は、新の制服を着た大地。普段に比べて少しチャラッとした印象だが、おおむねいつもの大地である。

四人目は、火積の制服を着た悠人。サラシを巻いた素肌《すはだ》の上に炎の裏地の学ランを羽織《はお》り、片方の膝《ひざ》をついて、手にはご丁寧《ていねい》にも竹刀《しない》まで持っている。

五人目は、天宮の制服を着た八木沢。はっきり言って、ただのイケメンだ。髪《かみ》を比較的《ひかくてき》ラフな感じでまとめているのは、新あたりの指導だろう。

六人目は、律の制服を着た火積。日頃、無駄《むだ》に発している凄味《すごみ》が中和《ちゅうわ》されて、意外にも年相《そう》応《おう》に似合っている。

七人目は、土岐の制服を着た新。かなでを見るなりウインクして、投げキスを送ってきた。本人は色気《いろけ》を出したつもりらしいが、あくまで健康的なところが新らしい。

八人目は、冥加の制服を着た東金。どこをどう見てもステージ衣装だ。もっとも天音の制服自体が、ステージ映《ば》えを意識したデザインなのだが。

九人目は、八木沢の制服を着た土岐。ワイシャツのボタンを二つ開けて、さりげなく着崩《きくず》しているのが土岐のこだわりらしい。

十人目は、大地の制服を着た冥加。就職活動中の大学生といっても通用するかっちりとした格好《かっこう》だ。おもしろがるのも悪いような、いたって真面目《まじめ》なスタイルである。髪型以外は。

十一人目は、悠人の制服を着た天宮。もとから年齢不詳《ふしょう》気味な天宮が着ると、一年生といっても通用するような印象だ。

十二人目は、響也の制服を着た七海。ただの、元気のいい男子高校生だ。むしろ、こういう服装で跳《は》ね回っているほうが、本来の彼に近いのだろう。

かなでは驚《おどろ》いたように目を見開き、集まったメンバーをぐるりと見回した。

「……私、まだ寝不足なんだ。もう一度昼寝してこよう」

『待った！』の声をかける間もなく、かなではくるりときびすを返して食堂を出ていってしまう。

一同はそれを、声もなく見送った。

シークレット・パーティー

「さあ、あらためて主役の登場だ。用意はいいかい？」

支倉《はせくら》仁亜《にあ》の声に合わせて、今度は盛大な拍手《はくしゅ》がわき起こる。

そのニアに伴《ともな》われて再び食堂に現れたかなでは、目を丸くする。

「……え、なに？　やっぱり夢じゃなかったの？　どうしてみんながここに……？　ニア？」

ニアはそんなかなでの手を引いて、食堂の中央にエスコートした。

「さあ、主役はこの席に」

言われるまま、引かれたイスに腰《こし》掛ける。

そのとたん、カンカンカン、とリズムを取る音が響《ひび》いた。タクトを振《ふ》っているのは悠人だ。

次いで、覚えのあるメロディが流れ出す。

誕生日を祝うための、有名なあの曲だ。

奏《かな》でているのは、律と大地と響也。

聞き慣《な》れた三つの弦《げん》の音が、絡《から》まり合って優しく流れていく。

彩《いろど》りを添《そ》えるように追加されたのは、管楽器《かんがっき》──至誠館メンバーの音だ。

力強く元気が漲《みなぎ》るような音が、ホールに鳴り響く。至近距離で聴《き》く管楽器は、いつも以上の迫力《はくりょく》だった。

続いて、華《はな》やかなサイレントバイオリンの、いかにも神南らしい音が加わる。

まるでジャズのように気ままな音が、ホール中を跳ね回る。

曲の四巡目《じゅん》。最後に三つの歌声が加わった。天音学園高校の三人だ。

天宮と七海は声楽の授業のようにきちんと。冥加は眉《まゆ》をひそめながらも律儀《りちぎ》に。それは、驚くほど稀少《きしょう》な光景だ。

「ハッピーバースデー……」

名前を入れる場所では、それぞれの呼び方で名前を呼ばれる。

曲の最後は、各々《おのおの》にアレンジを入れた演奏のあと、やっと鳴りやんだ。

たくさんの楽器の音色《ねいろ》と声に包まれ、かなでは放心したようにその余韻《よいん》を名残惜《なごりお》しむ。

「おめでとう、かなで」

響也の声を皮切りに、全員から次々と祝《いわ》いの言葉を受ける。

最後にかなでの前に立ったのは、ニアだ。

「なかなか豪華な誕生日プレゼントだったんじゃないかと自負《じふ》しているが、どうだい？」

「……うん。すごく、素敵だった」

かなでは即答《そくとう》したが、すぐにつけ加える。

「でも私の誕生日、今日でも今月でもないけど……？」

ニアは、いたずらっ子のような笑みを見せる。

「それはもちろん、知っているさ。特に君の幼馴染みでもある如月兄弟からは、激しいツッコミが入ったしね」

「だったら、どうして……？」

ニアはそれまで以上に唇《くちびる》の端《はし》を引き上げた。

「君の誕生日だと言えば、駆《か》けつけてくれるんじゃないかと思ってね――彼らが。案《あん》の定《じょう》、予定人数全員を集めるとはたいしたものだよ、小日向」

「……私、なんにもしてないよ？」

ニアは楽しげにウインクを寄越す。

「彼らにとって君はそれだけ大事だってことさ。彼らに話があったんだが、私が招集《しょうしゅう》をかけても来てくれないだろうからね。前倒しのプレゼントついでに、君の名前を借りたというわけさ」

「……『わけさ』って。そんな勝手に……」

「ふふっ。そう目くじらを立てるな。神南はともかく、至誠館のメンバーは部費も大変ななか、駆けつけてくれたんだぞ？」

「そんな……！」

「まあ、細かいことは気にしないで、せっかくのバースデーパーティーを楽しむといい。このあと、まだ楽しい余興《よきょう》があるしな」

ニアは立てた人さし指を鼻に当て、意味深《いみしん》な笑みを浮《う》かべた。

最強伝説

その後、次々に演奏曲をプレゼントされ、時間はあっという間に過ぎていった。

十曲ほど聴き終えみんなでおしゃべりを楽しんでいると、突然、手を打つ鋭《するど》い音が響いた。

「はい、注目！」

凛《りん》とした声は、ニアのものだ。

「さて、宴《えん》もたけなわ。では最後に、星奏学院高校・報道部によるシークレット映像集『金色のメモリー』を上映いたします」

ニアの手の動きに合わせ、食堂の白い壁《かべ》に投影映像が映し出された。

『金色のメモリー』というタイトルロゴが消え、別の映像が流れはじめる。

スクリーンの中で、悠人の肩《かた》を掴《つか》んだ響也が叫《さけ》ぶ。

『キャラ紹介だと必ずトップだぞ？　ゲームのパッケージでも一番手前だぞ？　萌《も》えポイント倍増の幼馴染み設定で、言葉遣《づか》いは乱暴だけどホントは誰《だれ》よりもアイツのことを思ってる優しい男だぞ？　去年の四月号のビーズログじゃ表紙を飾ってるんだぞ？　なにが悪いんだ？　オレに毒《どく》がないからか？　イメージカラーがムーンブルーで爽《さわ》やかすぎるからか？　それともメロンソーダが飲めないからか？　なんなんだ！　一体なんなんだよ、こんちくしょーっ！』

会場は水を打ったように静まりかえり、全員の視線がスクリーンに釘付《くぎづ》けになった。

シークレット映像は次々と流れていく。

星奏学院の榊大地のモノマネで、筋違《すじちが》え者続出事件。

至誠館高校での『西遊記《さいゆうき》』ショー上演の一部始終。

神南高校の浪費《ろうひ》ぶりに関する聞き込み映像や、参拝《さんぱい》風景。

そして最後に天音学園高校での理解しがたい習慣《しゅうかん》――。

それぞれの学校での、あまり人には知られたくなさそうな事実が、あますところなく映し出される。時にはスナップで、時には音声付きの動画で。

「誰か、止めろ！　映写機《えいしゃき》を止めろ！」

響也が、映写機に駆け寄る。

「ダメですね、電源が切れないようになっているみたいです」

悠人の言葉に、響也は髪を掻《か》きむしる。

「ちきしょー！　なんなんだよ、これは！」

「落ち着け、響也。電源を引き抜けば済むことだ。大地、抜けそうか？」

「ん？　これかな？　ＯＫ、完了だ」

大地の笑顔とともに、映像が途切れた。

ホールのあちこちで安堵《あんど》の声があがる。

かなでは小さく笑ってしまいながらニアに尋《たず》ねた。

「ニア、いつの間にあんな映像撮《と》ったの？」

どうやら、余興というのはこのことらしい。

「ふふ。パーティーにサプライズはつきものだし、シークレット情報は持っていて困《こま》るものでもないからね。いろいろことを有利に運ぶのに役立つだろう？」

「話って、今の映像をみんなに見せること……？」

「そうだよ。今回は取材のための交通費も結構かかったからね。肖像権《しょうぞうけん》込みのブロマイドも撮らせてもらって、部の予算の足しにするつもりなんだ。全国的に人気があるメンバーだからね。あの映像を見せたことで、彼らも快《こころよ》く承諾《しょうだく》してくれることだろう」

「快くはしてくれないんじゃないかな。それに、公表しちゃったら意味ないんじゃないの？」

ニアは会心《かいしん》の笑みを浮かべた。

「全部を披露《ひろう》するはずなどないだろう？」

「……そうですか」

「それより。私の集めた情報によると、あの映像のとおり、彼らは皆ずいぶんと個性的なのだが、揃《そろ》って自分では普通だと思っているようなんだ。おもしろいことにね。——君はどう思う、小日向？」

かなでは小首を傾《かし》げる。

「うーん……。星奏学院のみんなもほかの学校の人も、全員すごく普通の人だと思うよ。優しくて、いい人ばっかりだし」

そう言って、ひまわりの花のような笑みを零《こぼ》す。

ニアは一瞬《いっしゅん》目を見開いたあと。

「確かにそうだな。ひと夏に十二人を攻略《こうりゃく》する君から見れば、どんなヤツだって普通に見えるだろうよ」

悟《さと》り切ったように静かな声でそう返し、深く頷《うなず》いた。

おしまい

ハッピー・ハロウィン

水澤なな

Nana Mizusawa

La Corda d'Oro3

"Happy Halloween"

Presented by Nana Mizusawa

「えっと……ニア？　これは一体なに？」

扇《おうぎ》のように広げられた十二枚の写真を前に、小日向《こひなた》かなでは瞳を見開いた。

向かいに座っているニアこと支倉仁亜《はせくらにあ》は、そんなかなでを楽しげに見つめる。

「なに、とは薄情《はくじょう》だな。君の崇拝者《すうはいしゃ》たちじゃないか」

「すっ……すすすっっ⁉　へんなこと言わないで〜！」

「まあ、冗談《じょうだん》はさておき。彼らが誰《だれ》かはわかっているだろう？」

写真は見慣《みな》れた顔ばかりだった。幼《おさな》なじみの如月律《きさらぎりつ》、響也《きょうや》。先輩《せんぱい》の榊大地《さかきだいち》。後輩《こうはい》の水嶋悠人《みずしまはると》の四人。

それから、至誠館《しせいかん》高校の八木沢雪広《やぎさわゆきひろ》、火積司郎《ほづみしろう》、水嶋新《あらた》の三人。

神南《じんなん》高校の東金千秋《とうがねちあき》、土岐蓬生《ときほうせい》の二人。

天音《あまね》学園高校の冥加玲士《みょうがれいじ》、天宮静《あまみやせい》、七海宗介《ななみそうすけ》の三人の、合計十二人だ。

「ああ。あと二枚あった」

続けて置かれたのは、神南の芹沢睦《せりざわむつみ》と、天音の氷渡貴史《ひどたかふみ》の写真だ。

「それはもちろん知ってるけど。でもどうして、みんなの写真を？」

ニアは、待ってましたとばかりに飄々《ひょうひょう》とした笑みを浮かべた。

「今日、君に来てもらったのは、彼らのブロマイド撮影に協力してもらいたいからだ」

「ブロマイド？」

「そうだ。実はこの写真も販売用のものだ」

言われてみれば確かに、全員とても格好《かっこう》よく写っている。

もちろん、みんなもともととても男前なのだが、それぞれカメラ目線だったり、さりげない仕草《しぐさ》をしていたりと、まるでアイドルの写真かなにかのようだ。

「我が報道部の活動資金は、いくらあっても困らないからね」

ニアの資金繰《ぐ》りには慣れたつもりでいたが、かなでの認識《にんしき》はまだまだだったようだ。

「でも私、写真撮《と》るのってあんまり上手じゃないし、たいした協力なんてできないよ？」

「撮影は私の専門だ。君に頼みたいのは別のことだよ。どうしてここに来てもらったと思う？」

「どうしてって……」

かなでは、部屋を見回す。ここは星奏《せいそう》学院の演劇部部室で、普段《ふだん》ならまるで縁《えん》のない場所だ。とても広い室内の一角《いっかく》には何本ものシングルハンガーがあり、何百着という舞台衣装が掛《か》けられている。その横にはカーテン仕切りの試着室まで設《もう》けられている立派な部室だ。

衣装は多種多様。日本のものや世界各国のもの、それからいろいろな時代のものが見て取れる。中でも、色とりどりのお姫様ドレス類が一際《ひときわ》目を惹《ひ》いた。

「わあ。きれい……」

思わず立ち上がって近寄りそっと触れてみる。ふんわりとしたレースの感触が心地《ここち》よい。

「で、わかったかい？」

「ううん。全然！」

「……たまに、君には一生かなわない気がするよ、小日向」

「え？　そうかな？」

「言っておくが、褒《ほ》めてはいないぞ。まあいい。今日、君をここに呼んだ用件についてだ」

「あ、うん」

「ずばり、演劇部の衣装を借りて、彼らにいわゆるコスプレをしたブロマイドを撮らせてもらおうと思っているんだ。幸《さいわ》い、我《わ》が学院の演劇部はなかなか優秀で、演目の多さに比例してかなりの衣装が揃《そろ》っているからね」

「でも、いくら休日だからって、勝手に借りるのはダメなんじゃ……？」

「君はおもしろいな。無断借用などするはずがないだろう？　ちょっとしたネタをもとに、今日一日借り受ける約束を取り付けただけさ。人間、ちょっとしたネタさえあれば、大抵の頼み事は快《こころよ》く引き受けてくれるからね」

ニアはややブラックな微笑《ほほえ》みを浮かべて言い切ったあと、かなでには聞こえないほどの小声で『……もちろん、それは君の親衛隊《しんえいたい》も例外ではないよ。さらに、かわいいエサがあれば完璧《かんぺき》だ』と付け足した。かなでは、そんなニアに気づくこともなく小首《こくび》を傾《かし》げている。

「そんなわけで君には、衣装選びのアドバイスをしてもらおうかと思ってね」

「……え？　私がアドバイス？」

「ああ。彼らに一番近い場所にいる人間なら、それぞれ一番似合う服を選んでもらえるんじゃないかと思ってね。どうだい？」

「おもしろそう！　なんだか季節外《はず》れのハロウィンみたいだね」

「だろう？　ふふ……」

ニアは意味深《いみしん》な笑みを浮かべた。

「で、誰になにを着てもらうの？」

かなでが衣装を眺《なが》めながら尋《たず》ねると、いつもより大仰《おおぎょう》なカメラを取り出しながらニアが答える。三脚《さんきゃく》や折りたたみ式のレフ板などもあるようで、結構な大荷物だ。

「さて、どうしたものだろうね。例えば、生真面目《きまじめ》そうな如月律にはギャルソン服、運動が得意な如月弟にはサッカーユニフォーム、医師《いし》志望の榊大地には白衣《はくい》、至誠館の八木沢には役所窓口の係員がよくしている黒い腕《うで》カバーなんかが似合うと思うんだが、君はどう思う？」

かなでからの返答がないことで、ニアは機材から視線を上げる。

「小日向？」

思案《しあん》しながらブツブツ呟《つぶや》いていたかなでは、ハッと我《われ》に返ったあと勢いよく机を叩《たた》いた。

「違うと思うっ！」

声も、いつもより五割り増し大きい。

「……違うのかい？」

「あ、ううん。大地先輩はいいと思う！　白衣需要《じゆよう》はあるだろうから。でもほかは違うよ！　律くんのギャルソン姿は普通に似合いすぎてるからダメだと思う。もっと、こうあのメガネが映《は》えるのは、えーと…………そうだ、和服！　そう、茶道《さどう》の家元《いえもと》っぽい着物がいいと思う！」

「……なるほど」

「それに響也のユニフォームは地味《じみ》すぎるよ。そうだ、響也こそギャルソン服がいいと思うな。やっぱりせっかくのコスプレなんだから、ギャップ萌《も》えを狙《ねら》わないと！」

「……ほう」

「あと、八木沢さんか。確かに八木沢さんには黒い腕カバーが似合う！　似合うけど、でもこはあのストイックなイメージをより増幅させる、海軍の白い礼服《れいふく》が最強だと思う！」

「……小日向。君の情熱はよくわかったが、急激な心拍数《しんぱくすう》の上昇は身体《からだ》によくないぞ？　――さて、そろそろ被写体たちのやって来る時間だ。それぞれ時間をずらして呼んである」

♪　♪　♪

「こんなトコに呼び出して、なんの用なんだよ、支倉」

あからさまに警戒《けいかい》した様子で、部室内に入ってきたのは如月響也だ。

「これをね、着てもらおうと思って」

かなでが広げて見せたのは、さっき言っていたとおりのギャルソン服だ。

「バカ、なんでオレがそんな格好しなきゃなんねぇんだよ！」

「でも似合うと思うよ。ほら、律くんだってとっても似合ってるでしょ？」

「えっ？　律がどうしたって――」

「これでいいか、小日向」

響也が振《ふ》り返ると、そこには試着室から出てきたばかりの如月律が立っていた。響也の少し前に演劇部の部室に来ていたのだ。

「着方が正しいか、今ひとつ自信がないが……」

律はすっきりとした黒い羽二重《はぶたえ》に、紗羽織《しゃばおり》を合わせたものを着こなし、扇子《せんす》を広げている。

ストレートな髪《かみ》がふわりと風を孕《はら》み、とても優雅《ゆうが》な様子だ。

「すごい、律くんかっこいいよ……」

うっとりと見つめるかなでに、律もはにかんだようなやわらかい微笑《びしょう》を返す。

「たまには和服を着るのも悪くないな」

ニアはその表情を逃《のが》さず、シャッターを切った。見つめ合うかなでと律の空気を壊すように、響也が不機嫌《ふきげん》な声をあげる。

「あー、オレも着てみよっかなー」

「ホント？　ありがとう、響也」

かなではにっこりと微笑んで、すかさずギャルソン服を手渡す。

「なんだよ、この長ったるいエプロン。ヒモがひっからまるじゃねぇか！」

「私、やってあげるよ、後ろ向いて」

「……お、おう。悪いな」

「ほら、すっごい似合うよ、響也！　これ持ってみて」

かなでからグラス類の載《の》った銀色のトレンチを手渡された響也は、まんざらでもない表情で、それを三本の指で支点を作って持った。なかなかさまになっている。

かなで効果は予想以上だ。ニアは満足げに頷《うなず》きながらシャッターを切った。

「ん？　なんだ、二人ともそんな格好して、劇でもやるのか？」

三番目にやってきたのは、榊大地だ。

「俺の衣装はそれかな？」

大地は、かなでの手にした白衣を目にするなり、さっさとそれを制服の上に羽織《はお》り、聴診《ちょうしん》器《き》やら万年筆《まんねんひつ》といったアイテムを首周りや胸ポケットに飾り付けた。ついでに、脇《わき》から引っ張ってきたキャスター付きのイスに座り、お得意の顎《あご》のあたりに触れるポーズを取る。

「これでどうかな、ひなちゃん？」

「パーフェクトです！」

確かに、とても今初めてコスプレしたとは思えないほどの堂に入った仕草だ。呆《あき》れたように響也が口を挟《はさ》む。

「あんたには、照《て》れとかためらいとかってもんはねぇのかよ？」

「大地はいずれ医師になるからな、予行演習のようなものだろう」

「医者になるのに、ポーズを取る練習なんかいらねぇっての！」

律と響也の感想をよそに、大地は次々とポーズを取っていく。

「ひなちゃんの頼みなら、このくらいのサービスは当然のことさ」

ニアは無言でシャッターを切った。

♪　♪　♪

星奏メンバーと入れ違いにやってきたのは、八木沢雪広と火積司郎の二人だった。

「これが星奏学院の演劇部の部室ですか。さすがに立派ですね」

「……すげぇな……」

感嘆《かんたん》の声をあげて室内を見回す二人に差し出された衣装は、旧海軍の白い軍服と、はかまにインバネスコートの書生風の服装だった。

「こんな服着んのは……どうも気恥《きは》ずかしいが……」

「ああっ、ちょっと待って！」

軍制服を手に取った火積に、かなでの制止の声がかかった。

「八木沢さんが軍服、火積くんが書生《しょせい》さんの服です」

「……なに？　あんた……本気か？　どう考えたって……どう考えても俺は書生ってガラじゃねぇだろうが……」

「そんなことない。絶対、似合うと思うよ」

「火積、いいじゃないか。せっかく小日向さんが見立ててくれたんだから、着てみようよ」

拒絶《きょぜつ》オーラ満載《まんさい》の火積だったが、八木沢がなだめるとしぶしぶ納得したようだ。

「……わかりました。あんた……俺に合わなくたって……がっかりすんなよ」

数分後、試着室を出てきた八木沢は、まるで古い写真に写っている海軍将校《しょうこう》かなにかのように衣装を着こなしていた。

「学ランを着慣れているとはいえ、白いというだけで、ずいぶんと緊張するものですね」

「……おい、こんなんでいいのか？」

火積も時代がかった服装がよく似合っている。眼光の鋭《するど》さが硬派《こうは》な印象を与えるのだろう。

「なるほど、大正《たいしょう》浪漫《ろまん》か。やるじゃないか、小日向」

ニアは感心しながら、パシャパシャとシャッターを切った。

♪　♪　♪

次にやってきたのは水嶋新と水嶋悠人、七海宗介の一年生三人組だ。

「あ、あの……オレまで呼んでいただいて……すみません」

遠慮《えんりょ》がちにあいさつする七海の後ろで、新が歓声《かんせい》をあげる。

「おおっ、ドレス！　うち男子校だから演劇部にもこういうの全然ないんだよ。Ｂｏａ《ボア》！

すっげーフリル！　ほら、見てよ、ヒラヒラ！」

はしゃぎ回る新の襟首《えりくび》を、しかめつらをした悠人が摑《つか》んだ。

「やかましい！　お前がフラフラ寄り道するから遅刻《ちこく》したんだぞ！　――それで先輩、新聞部に協力して写真を撮影するということでいいんですね？」

「うん、みんなの写真が欲しいんだって」

「なんで仮装する必要があるのかまったく理解できませんが、用件はわかりました。これ以上お待たせするのもなんですから、さっさと着替えてきます」

「すぐ着てくるから待っててね、かなでちゃん！」

ノリノリで試着室に入っていった新は、あっという間に海賊《かいぞく》衣装を身に纏《まと》って戻ってきた。

ドクロマークのついた大きな羽根付き海賊帽《ぼう》を、ナチュラルに着こなしている。

新は、大振りの剣を左右の手にそれぞれ構えてポーズを取った。

「今夜、君を攫《さら》いにいくよ。――なーんてね！」

「なにが『攫いにいくよ』だ、調子に乗るな！　悔《く》い改めろ！」

手にした金色の十字架《じゅうじか》で新の後頭部を叩いたのは、試着室から出てきた悠人だ。

足元まで隠《かく》れるほどの黒いスータンに、金色の十字架がとてもよく映えている。

ニアは二人の姿をカメラに収めた。

「すごいよ、二人とも似合いすぎ！」

「……うちは神道《しんとう》なんですけどね」

不満を言いながらも、かなでに拍手《はくしゅ》されて悠人の頬《ほお》はうっすらとピンク色に染まっている。

悠人は照れ隠しするように、試着室の七海に声をかけた。

「おい、七海。お前、まだ着替え終わらないのか？」

「……着替えは終わってるよ。けど着替えてるよ。けど……でも……本当にオレ、この服なのかな。なにかの間違いじゃ……？」

「着替えたんなら、出てきなよ～」

新がカーテンを開けると、そこにはセーラーカラーに金色のエンブレム付きの白い水兵服を着た七海がいた。お揃いの帽子《ぼうし》を被《かぶ》れば、水兵さん――もしくは世界的に有名な少年合唱団の制服のようだ。

「似合う！　似合うよ、七海くん！　すっごくかわいい」

「……かわ……って、もう、ひどいです！　小日向さん」

「あ、ごめん！　すごくかっこいいよ。似合ってる」

かなでの言葉に七海は、これ以上ないほど嬉《うれ》しそうに微笑む。

もちろん、ニアはその笑顔を逃さずにシャッターを切った。

♪　♪　♪

次のゲストは、神南の東金千秋、土岐蓬生、芹沢睦の三人だった。

「なんだ、将校の軍服か？　どうせなら大元帥《だいげんすい》の服を用意しろ。まあ、いい」

ひとり納得して試着室に入った千秋は、ひとり頷きながら試着室を出てきた。

姿勢のよさと内からあふれ出る自信オーラのせいか、本物のエリート軍人のようだ。

「どうだ、地味子？　似合っているなら似合っていると褒《ほ》め称《たた》えてもかまわないぞ？」

「うん。すごく似合ってます」

「そうだろうそうだろう」

クルリとターンを決める将校などいるはずもないが、ニアはリアリティよりも映像美を選び、黙々《もくもく》とシャッターを切った。その横では土岐が自分の衣装を広げている。

「で、俺のは……平安《へいあん》時代の服？　ふぅん。『源氏物語《げんじものがたり》』とかそんなん？　そんなら俺は、頭中将《とうのちゅうじょう》のほうがええなぁ。ほら、似合いそうやろ？」

烏帽子《えぼし》を被っただけで、あっという間に平安貴族のできあがりだ。

「うわぁ、似合う……じゃなくて！　ダメです、ちゃんと着てきてくださいってば！」

「はいはい」

ややあって、試着室から出てきたのは、頭中将そのものだった。

「本物みたい……」

土岐は、称賛《しょうさん》を漏《も》らしたかなでの口元を指で塞《ふさ》ぎ、にっこりと微笑む。

「やっぱり、小野道風《おののとうふう》のほうがええな」

「……誰ですか、それ？」

「知らん？　ほら花札《はなふだ》にあるやろ？　こんなんが……」

土岐は、どこからか取り出した赤い番傘《ばんがさ》を開いて差した。

「あ！　柳《やなぎ》に雨の人！」

「当たり～。平安時代の能書家《のうしょか》でしたー」

典雅《てんが》に微笑む姿を、ニアはカメラに収めた。

「で、ここにもう一着あるんやけど、これは？」

「それは、芹沢くんのです」

「……俺の分まで、あるんですか？」

無表情に東金と土岐の撮影会を眺めていた芹沢だが、自分の分まで用意されているとは思っていなかったようだ。

「執事《しつじ》の衣装か。おい、地味子。少しは意外性を狙えよ」

「小日向ちゃん、これじゃあんまりにもそのまんまと違う？」

芹沢は、二人の言葉にも眉《まゆ》ひとつ動かさずに、かなでから衣装を受け取り、試着室へ消えた。

「これでよろしいでしょうか、お嬢様《じょうさま》」

神南高校の制服でも十分に執事に見えなくもないが、黒の燕尾服《えんびふく》はそれ以上の迫力《はくりょく》だ。

「…………あ、はいっ！」

「写真を撮るのでしたね？　なにか希望のポーズでもあるんですか？　ああ、それですか」

芹沢は、脇のテーブルにスタンバイしていた銀色のティーセットを手にした。右手にティーポット、左手にソーサーに載ったカップだ。

「では、参ります」

そこでふいに右手を高く翳《かざ》した。注ぎ口からあふれた液体がキラキラと輝きながら遠く離れたカップへと移動していくさまは、まるでイリュージョンのようだ。

あんぐりと口を開けて見とれるかなでをよそに、ニアはその一瞬《いっしゅん》を見事に切り取ってみせた。

「予想を超《こ》えたパフォーマンスを見せてもらったぜ。さすが俺が選んだアンサンブルのメンバーだ」

「うかうかしてると、舞台の花を全部持ってかれてしまいそうやね」

「ご期待にそえたなら、なによりです」

東金と土岐の賞賛に、芹沢は優雅に腰《こし》を折った。

♪　♪　♪

「さて、ここまでは順調に撮影できたが、次が難関だな」

そうニアが呟いた時、演劇部の部室の扉が大きく音を立てて開いた。

「入るぞ」

「……休日に呼び出しとは、一体なんの用だい？」

次の来訪者は冥加玲士と天宮静の二人だった。冥加の眉間《みけん》のしわは相変わらず深い。

「こんなものを送りつけてくるとはいい度胸《どきょう》だな、小日向かなで」

冥加の手には『果たし状』と墨《すみ》で書かれた書状が握《にぎ》られている。

「ニ、ニア!?」

驚《おどろ》いて振り返ったかなでに、ニアは平然とした顔で言った。

「ほかに冥加を釣るエサを思いつ《つ》かなかったんだよ。実際呼び出しには成功しただろう？」

かなでは、あわてて二人に弁明《べんめい》する。

「す、すみません。その手紙は手違いなんです。本当は撮影会をしてるだけで――あ、座ってください。今、お茶を入れますね！」

取り繕《つくろ》うように、芹沢が残していったティーセットで二人の分の紅茶を用意しようとする。

「いらん。撮影会だと？　俺には関わりないことだ。帰らせてもらう」

「待ってください～！　……あっ！」

背を向けた冥加を追おうとしたかなでは、ティーポットを持ったまま躓《つまず》いた。

ティーポットは華麗《かれい》に宙《ちゅう》を舞い――。

「あああ～っ！」

おそるおそる目を開けると、紅茶でずぶ濡《ぬ》れになった冥加と天宮が目の前にいた。

「ご、ごめんなさいっ！　あの、ヤケドしてませんか？」

「……ヤケドなどするものか。とっくに冷《さ》めた茶だ。こんなものを飲ませる気だったのか」

「ははっ、やられたな」

仏頂面《ぶっちょうづら》の冥加とは対照的に、天宮は声を立てて楽しそうに笑う。

「これじゃ着替えないわけにはいかない。これが計算なら、君も意外に策士《さくし》だね。小日向さん」

天宮は衣装を手に取って試着室に向かいながら、冥加を振り返った。

「冥加、君も着替えなよ。毒《どく》を食らわば皿までって言うだろ？」

冥加は眉間のしわをさらに深くしながら、天宮のあとに続いた。

「さて、着てみたけど、これも被るのかい？」

『わ』の形に口を開いたまま、かなでが頷く。

試着室を出てきた天宮は、黒いビロードのロングジャケットに、黒いロングブーツ姿だ。

「こうかな？」

白い羽根飾りの付いた黒い帽子を被れば、西洋風王子のできあがりだ。日本人には着こなしの難しいごってりとした衣装だが、天宮が着るとまるで普段着かなにかのようだ。

「……似合いすぎる……」

「そう？　それなら、よかった」

手にした乗馬鞭《じょうばむち》を弄《もてあそ》びながらふわりと微笑む天宮を、ニアは見逃さずにカメラに収めた。

すると、カーテンの開く音がして、冥加が姿を現した。

「……なんだこの服は？　頭はこれでいいのか？」

「その長いシャツはトーブ、頭に巻く布はクーフィーヤとかゴドラっていうみたいです。アラブの民族衣装ですよ……って、うわぁ。砂漠《さばく》の王子様みたい！」

まさに、威風堂々《いふうどうどう》としたアラブの王様のようだ。

かなでにじっと見つめられて、冥加は居心地《いごこち》悪そうに目を逸《そ》らした。

「おい、そこの女、写真を撮るなら早く済ませろ」

ニアは『了解』と、そっけなく返事をしてシャッターを切った。

そんな冥加と天宮の撮影会を、扉の向こうからそっと覗《のぞ》いている人物がいた。

――すげぇ……さすがは冥加部長と天宮さんだ。あんな衣装を自然に着こなせるなんて……。

最後の来訪者、氷渡貴史である。

――俺にはとてもできそうにない……。俺はしょせん、負け犬だ……。

氷渡がきびすを返して帰ろうとした時、かなでが部室の扉を開いた。

「あ、あの……氷渡くん」

「……来るべきじゃなかった。俺なんかがあんな衣装着たって、笑い者になるだけだ」

暗いまなざしで氷渡は自嘲《じちょう》する。

「だいたい、俺の写真なんか撮ったって、そんなもの欲しいヤツなんていないだろうが」

「私、欲しいよ。氷渡くんの写真。きっとほかにも、欲しい人いると思うよ」

「…………」

氷渡は文句《もんく》を言いたげに唇《くちびる》を開きかけたが、結局なにも言わずに衣装をひったくり試着室へ入っていった。かなでは胸を撫《な》で下ろしながらそれを見送る。

「…………」

無言《むごん》で試着室から出てきた氷渡は、黒地に銀糸《ぎんし》の刺繍《ししゅう》が施《ほどこ》された男性用のチャイナ服を着ていた。足首くらいまであるロング丈《たけ》のもので、下にはシルクの黒いロングパンツを合わせている。裾《すそ》から螺旋状《らせんじょう》に広がる昇竜《しょうりゅう》の刺繍が、そのクールな容貌《ようぼう》にとても似合って見える。

「うわぁ、素敵！　これも持って構えてみて！」

すっかりテンションの上がったかなでは、やや大きめの鉄扇《てっせん》を広げ、氷渡に手渡した。

「あ、ポーズは、こうです！」

さも嫌《いや》そうに受け取った氷渡に向かって、かなではポーズの注文までつけはじめる。

「…………」

氷渡は再び口を開きかけたが、なんとか我慢《がまん》するようにその唇を引き結ぶ。

「ニア、早く早く！　このポーズがオススメだよ」

かなでと氷渡の攻防《こうぼう》を見守っていたニアは、『ＯＫ』と返しながらシャッターを切った。

♪　♪　♪

「氷渡くん、お疲れさまでした。どうもありがとうございます！」

撮影終了後、かなでが氷渡に礼を言うと――。

「べっ……別に、あんたのためにやってやったわけじゃない！　これは……その、なんだ……」

尻《しり》すぼみになっていく氷渡の声に憐《あわ》れみを覚えたのか、ニアが横から助け船を出す。

実は、この部屋で全員を鉢《はち》合わせさせると面倒だと踏《ふ》んだニアが、隣の教室も待合室として借り受けていたのだ。

本当なら撮影が終わったメンバーはさっさと着替えて帰ればいいのだが、牽制《けんせい》し合いながらも、そのあとのご褒美《ほうび》をおとなしく待っているのかと思うと、楽しくて仕方がない。

「悪いが、隣の教室で待っているみんなを呼んできてくれないか？」

「……なんで俺が！」

「冥加もそこにいるぞ」

ニアの一言で、氷渡はすっ飛んで部屋を出て行った。

「おかげさまで撮影は終了だ。助かったよ、小日向」

急にニアから礼を言われたかなでは、あわてて手を横に振る。

「ううん！　私こそ楽しかったから」

「そうかい？　それならよかった。でもせっかくの機会だ。そこのドレスを着てみないか？」

ニアが、並んでいるドレスを指さす。

「えええっ⁉　でも、そんなの、いいよ」

「今日手伝ってくれたお礼だ。一度くらい着てみたいだろう？　さっき触っていたじゃないか」

「それは、そうだけど……」

「じゃあ、決まりだ。ちなみにどのドレスかは、私が決めさせてもらうよ。――これだ。ほら早く、着替えて着替えて」

かなでは、つい先ほど自分がしていたのと同じように、試着室に押し込まれてしまった。

しばらくの間、手にした純白の衣装を見つめて途方に暮れていたが、やがて決心したように鏡に頷いてから着替えに取りかかった。


「これでいいのかな……。ニア、着てみたよ」

こんな豪華《ごうか》なドレスなど着たことがないので落ち着かない。

かなではカーテンを少しだけ開いて顔を出し、外にいるはずのニアに声をかけた。

「遅いじゃないか。待ちくたびれたぞ、私もみんなも」

「みんな……？」

勢いよくカーテンを開けられてしまう。続いて大勢の歓声が聞こえてくる。見れば、ニアの後ろにはコスプレ衣装を着たままのみんなが戻ってきていた。全員がかなでを見ている。

「えええええ……っ!?　ちょっと、ニア!?」

「はい、お待たせ！　こちらが皆様ご要望の、小日向かなで嬢のウエディングドレス姿でございます」

「え？　ニア、なに言って……？」

「鈍《にぶ》いな、君も。今日彼らのコスプレアドバイスが欲しかったのも本当だが、実際は、君のその姿こそが一番必要だったものだよ。なにせ、彼らに来てもらうための報酬《ほうしゅう》だからね」

「ほら、男性陣も、せっかくだ。称賛の言葉のひとつでもかけたらどうだい？」

「やめてってば、ニア！」

「とっても似合うよ、ひなちゃん」

「うんうん。ほんまやったら白無垢《しろむく》がええけど、それもありやな。よう似合っとうよ、小日向ちゃん」

先陣を切ったのは、大地と土岐だった。かなでの顔が、みるみる真っ赤《まか》に染まる。

「オレは断然、ウエディングドレス派。もうめっちゃかわいいよ、かなでちゃん！」

出遅れた新に続き、八木沢が声をかける。

「ええ。とてもよくお似合いですよ、小日向さん」

「まあ、なんだ。悪くないんじゃないか？」

「如月先輩、ちゃんと言葉にしないと伝わりませんよ？　よくお似合いです、小日向先輩」

「ハル！　お前、自分だけ点数稼《かせ》いでんじゃねぇぞ？」

「別に、点数を稼いでなんかいません。事実を伝えたまでです」

「確かに水嶋の言うとおりだな。似合うぞ、小日向」

「あ、兄貴《あにき》までっ！　汚ぇねぞ！　オレだって、似合うと思ってるんだからな！」

如月兄弟に続いて声をかけたのは、火積だ。

「……な、なかなかいいと思うぞ、小日向」

「うっわ～！　火積先輩、真っ赤になってるー！」

「黙《だま》れ、水嶋！」

「こら、水嶋。そうやって人をからかわない！」

「はーい、部長」

八木沢に窘《たしな》められた新がペロリと舌を出す。星奏に続き、至誠館も至誠館で大変なようだ。

「……まあ、なかなかいいんじゃないか？　俺は気に入った」

やや上から目線の褒め言葉は東金のもので、続く同じようなテンションの声は冥加だ。

「ふん。馬子《まご》にも衣装という言葉は真実だな」

「そんな、部長！　よくお似合いじゃないですか！」

「……だから、似合うと言っただろうが」

「え？　そうなんですか？　オレはまたてっきり……」

「冥加はツンデレなところがあるからねぇ。大丈夫だよ、七海。冥加なりの称賛だから」

「そうだったんですね、天宮先輩！　すみません、オレ全然気づかなくてっ！」

「……七海、部長に盾《たて》突くとはいい度胸じゃねぇか」

「ひっ、氷渡先輩……！　すみません！」

天音でも内輪《うちわ》もめがはじまった。

「とてもよくお似合いですよ、お嬢様」

きっちりと本日のキャラ（？）を守り抜いているのは芹沢だ。

ずっと真っ赤になって硬直していたかなでが、思わず微笑みを浮かべる。

それまでみんなのスナップショットを撮影していたニアが、ふいに声をあげた。

「せっかくだ。記念写真も撮っておこう」

ニアの声を合図に、全員がカメラの前に集《つど》う。

「ほら、小日向。君は前列中央だ。当然だろう？　そのはじっこ、もう少し詰《つ》めて」

ニアがあれこれと指示を出す。赤い顔でおとなしくカメラを見つめていたかなでだが、ふいにみんなを見回して声をかける。

「あの……みんな、ちょっと待っててくれるかな？　──ちょっと来て、ニア」

ニアに歩み寄り、その手を引っ張る。

「小日向、なにを……？」

「自分だけ、そのままはずるいと思う。だからね……」

かなではニアの手を摑んだまま、部屋の隅《すみ》のハンガーから、レースをたっぷり使った黒いゴスロリ調のドレスを取り出した。それを、一緒にハンガーに掛けてあったネコ耳付きのヘッドドレスとともにニアに差し出す。

「ニアも、これ着てみて」

「……なんの冗談だ、小日向？」

かなでは首を横に振る。

「冗談なんかじゃないよ。せっかくの記念写真だもん。そのカメラ、セルフタイマーついてるんでしょ？　だから、みんなで撮ろうよ。ね？」

「私はそんな格好はしないぞ」

「だから。人に着せておいて自分だけ着ないのはずるいって言ったでしょ。ほら、着てみてって！　絶対に、似合うから」

「そのネコ耳服がか？」

「うん。だって、黒ネコは初めてニアに出会った時のイメージだし、それに今日みんなを変身させた魔法使いでもあるから、ぴったりでしょ？」

「バカを言え。なぜ私がそんなものを……」

「いいからいいから！　ほら早く！」

かなでは、渋《しぶ》るニアをドレスごと試着室に押し込む。

「……着ればいいんだろう、着れば」

ニアが大きく息を吐《は》く。かなでは笑顔で頷きながら、いそいそとカーテンを閉めた。

しばらくしてカーテンが開き、ドレスを纏ったニアが出てくる。スレンダーな身体には、黒いドレスが驚くほどよく似合っていた。頭にはきちんとネコ耳のヘッドドレスも着けている。

「どうだ、私はなんでも似合うだろう？」

ニアはいつものように人を食った口調で言って、クルリとターンをしてみせた。

じいっとニアに見とれていたかなでは、大きく頷いてみせる。

「うん！　ニア、すっごくかわいい」

まっすぐな瞳のかなでに称賛され、澄《す》ましていたニアの頬にわずかに朱《しゅ》が差す。

「まったく……本当に、君にはかなわないな」

ニアは、そう言ってすいっとそっぽを向いた。

「どうしたの？」

「なんでもない」

ニアは顔を逸らしたまま、みんなの待っている方へ歩いていきカメラを三脚にセットした。

「そら、小日向。タイマーをセットしたぞ。二十秒後にシャッターが切れる」

かなでは「うん！」と大きく頷いて、ニアに駆《か》け寄った。

「ほら、みんなも早く！　あと二十秒だよ！」

ニアの着替え中散っていた男性陣が、再び集まりだす。

かなでとニアを中心に、男性陣もその周りでそれぞれポーズを取る。

シャッタータイミングを知らせる赤いランプが、次第に速く明滅しはじめる。

「あと十秒。……6、5、4、3……」

ニアがカウントダウンをはじめ――。

「はい、チーズ！」

かなでの声を合図に、パシャリと虹色《にじいろ》のフラッシュが瞬《またた》いた。

おしまい

𝄞 初出

♪ 金色のメモリー 星奏学院編 ……… B's-LOG 2010年10月号

♪ 金色のメモリー 至誠館高校編 …… B's-LOG 2010年11月号

♪ 金色のメモリー 神南高校編 ……… B's-LOG 2010年12月号

♪ 金色のメモリー 天音学園高校編 … B's-LOG 2011年1月号

♪ 金色のメモリー 菩提樹寮編 ……… B's-LOG 2011年2月号

あとがき

こんにちは、石倉《いしくら》リサです。

『メロディは潮風に乗って』、いかがでしたでしょうか？

これを書いている今は一月の終わりなのですが、あとひと月で『金色のコルダ3』発売一周年なんですよね。そして今年はその舞台となった二〇一一年。なんだか不思議《ふしぎ》な気がします。

今回、「かなでと響也《きょうや》が星奏《せいそう》学院に転校してから学内コンクールまでの物語を」というお話をいただいたとき、ふと思い出したのがコルダ3を初めてプレイしたときのことでした。

——おおっ、みんな個性的な人ばかり！　こんな人たちと互いに切磋琢磨《せっさたくま》して、ひとつ屋根の下で夏を過ごせたら楽しいだろうなぁ。

そんなふうに喜々としてゲームを進めていくうち、気づけば誰ともハッピーエンドにならずに（涙）、文字通り熱過ぎる夏休みを過ごしていました。

——コンクールで優勝はした、優勝はしたんだけど、何かが間違っている……！

試合に勝って勝負に負けたというのはこういうことなのかと、ＰＳＰの画面を見つめながら呆然《ぼうぜん》と思ったのを覚えています（笑）。

友達のイラストレーターさんや小説家の先生は順調にプレイして、スチルをゲットしているのに……。恋愛とコンクールの両立って難しいなぁと、まるで、勉強と部活の狭間《はざま》で悩《なや》む学生になったような気分でした（単に私が下手《へた》なだけなんですが）。

部活と言えば、私はワンダーフォーゲル部でしたので、よく山に登りに出かけました。学校のない土日を山行《さんこう》に充《あ》てるわけですから、今にして思うと顧問《こもん》の先生、休日返上で大変だったんじゃないでしょうか。そして、未《いま》だに山が懐《なつ》かしくなります。友達と夜空を見上げながら流れ星を数えたり、真夏の渓流《けいりゅう》で水遊びをしたり。そのどれもがいい思い出になっています。かなでたちも、きっといろいろな思い出をつくるんでしょうね。今回書かせていただいたのはゲームのほんの序《じょ》の口ですから、まだプレイしたことのない方で、興味《きょうみ》を持たれた方は熱くて甘いひと夏をぜひどうぞ♪

それでは、最後になりましたが、この本を手に取って下さった方に最大級の感謝を。水澤《みずさわ》先生の書かれたキャラクターの魅力《みりょく》満載《まんさい》の小説と、凪《なぎ》先生の美麗《びれい》なイラストもあわせてお楽しみくださいませ。

２０１１年１月　　石倉リサ拝

あとがき

はじめまして、またはこんにちは。水澤《みずさわ》ななです。
今回、大人気ゲーム『金色のコルダ3』のアンソロジーに参加させていただきました。ビーズログ本誌で連載していたものを、このたびまとめていただけることになりました。新しいお話も二十五ページほど書きましたので、お楽しみいただければ幸《さいわ》いです。
かくいう私は、石倉《いしくら》リサ先生の小説と、凪《なぎ》かすみ先生のイラストを楽しみにしております。

ゲームのノベライズは毎回、たくさんの素敵男子が出てくるので目移《めうつ》りして大変なのですが、今回もその例に漏《も》れずというか、いつも以上のメンバー数でしたので、それはもうえらい騒《さわ》ぎでした。ただでさえ、学園モノに弱いというのに……。かなでちゃんは本当に幸せ者ですね。みんな魅力的《みりょくてき》で大好きですが、こっそりご贔屓《ひいき》はニアちゃんです。あの口調がたまりません。

それと。ブログ『水澤なな月記』http://nana-mizusawa.blogspot.com/ やってます。すっかり休業状態ですが、オリジナル短編を載《の》せたりなど、今年こそマメに更新予定です。ですので、よかったら遊びにいらしてください。

また、感想や要望、叱咤激励《しったげきれい》などをお聞かせいただけたらとてもうれしいです。

メールは、〈mizusawa@tokyomura.com〉です。もちろん、お手紙も大歓迎です。

最後になりましたが、お世話になった皆さまに感謝の言葉を。

凪かすみ先生。大変お忙しい中、素敵なイラストをありがとうございました！　雑誌連載の時から麗《うるわ》しくかわいいイラストに感激でした。今回の表紙や新作も楽しみにしております。

石倉リサ先生。ご相伴《しょうばん》に与《あずか》りまして、ありがとうございます！　おかげさまで文庫本にまとまり感無量です。見本誌で拝読《はいどく》できるのを楽しみにしております。

執筆《しっぴつ》の機会を与えてくださった、株式会社コーエーテクモゲームス『ルビー・パーティー』の担当さま、皆さま。本当にご迷惑《めいわく》とお手数をおかけしました。素敵な監修《かんしゅう》をありがとうございました！

それから。雑誌掲載時に担当してくださった鈴木さま、今回の文庫化を担当してくださった稲田さま。大変お世話になりました！　というか、まだなり中です！

また、この本の制作・販売に関わったすべての方々に感謝の意を表させていただきます。

そしてなにより。この本を手に取ってくださったあなたに、最高級の感謝をこめて。

また新しいお話でお目にかかれますように。それでは！

二〇十一年一月　水澤なな

B's-LOG BUNKO
B's-LOG 文庫

■ご意見、ご感想をお寄せください。
《ファンレターの宛て先》
〒102-8431 東京都千代田区三番町6-1
株式会社エンターブレイン
B's-LOG 文庫編集部
石倉 リサ　先生・水澤 なな　先生・凪 かすみ　先生

■本書の内容・不良交換についてのお問い合わせ。
エンターブレインカスタマーサポート：0570-060-555
(受付時間 土日祝日を除く 12:00〜17:00)
メールアドレス：support@ml.enterbrain.co.jp

い-1-01

金《きん》色《いろ》のコルダ3

スクール・ラプソディー！

石倉《いしくら》リサ、水澤《みずさわ》なな
監修／ルビー・パーティー

2011年3月11日 初刷発行

発行人	浜村弘一
編集人	森 好正
編集長	森 好正
発行所	株式会社エンターブレイン 〒102-8431 東京都千代田区三番町 6-1 (代表) 0570-060-555
発売元	株式会社角川グループパブリッシング 〒102-8177 東京都千代田区富士見 2-13-3
編集	B's-LOG 文庫編集部
デザイン	島田絵里子 (Zapp!)
印刷所	凸版印刷株式会社

ISBN978-4-04-727071-8

定価はカバーに表示してあります。